清·馮煦修 魏家驊等纂 張德霈續纂

鳳陽府志

十四册

黄山書社

光緒鳳陽府志卷十五

古蹟攷

班孟堅云先王之迹既遠地名又數改易是以搜獲舊聞考跡詩書余讀越絕外傳第三紀名勝詳地里錄軼事而其書實在班志前此述古跡權輿與後世如樂史寰宇記祝穆方輿勝覽乃兼載藝文詩歌則與志地形疆域異矣鳳郡自春秋戰國以來名跡實多今采史傳去其安處附會如顏監所識者循樂祝之例編次分注焉述古蹟攷

鳳陽縣

鍾離故城

在廢臨淮縣東本春秋時子國左傳魯成公十五年叔孫僑如諸侯之大夫會於鍾離昭公四年楚箴尹宜咎城鍾離以備吳漢置鍾離縣屬九江郡漢志注應劭曰古鍾離子國是也晉書地理志淮南郡鍾離故州來邑劉宋泰始三年淮北陷沒移徐州於此蕭齊建武二年魏拓拔衍攻鍾離梁太清三年北徐州刺史蕭正表以鍾離降魏改置楚州陳大建五年魯廣達克北徐州即以廣達爲北徐州刺史仍梁舊名也隋唐爲濠州治括地志鍾離故城在今縣東北五里通鑑地理通釋鍾離有東西二城濠水流其中水經注淮水又東北濠水注之又東過鍾離縣北寰宇記洛水自定遠縣流入鍾

離縣與壽春縣分中流爲界縣志舊州城在今縣西三里一名三牛城以郡治有三石牛也郡介濠淮多水災牛土畜故以鎮之宋趙汴過濠州詩朝離石澗寺暮泊香山峽揚帆復順流快若兩翼揷濠州舊風物余昔此承乏重上莊生臺如夢覺一霎（梅堯臣濠州感懐）天子昔封禪吾屬從金輿回首泰山下出建雙隼旟來尋觀魚臺遂遠承明廬當時十五咏螢照墨君書（元薛元卿濠州觀荷）行行濠池上亭亭見長荷瓊葩艷初日碧芰捲輕波深浦曉色亂微雨晚香多方舟時自移高軒或來過豈無河朔飲聊復發商歌商歌一慷慨此物奈君何

小東城

在廢臨淮縣東通典鍾離縣東一里有廢小東城漢書云秦始皇二年築之以鎮濠口寰宇記城在鍾離縣東三里宋泰始二年築以鎮濠口陳太建五年廢鳳陽縣志云通典誤引

漢書秦始皇二年此地尙屬楚始皇無緣築城於此漢書亦無此語秦始皇當是泰始之誤

公路城

在廢臨淮縣舊城東通典鍾離郡東有公路城卽袁術所築

樂平舊城

在廢臨淮縣東南江南通志樂平本漢縣屬東郡江左僑置鍾離郡界宋書州郡志鍾離太守樂平令蕭齊永明元年割屬濟陰郡後魏屬濟陽郡齊周時廢鳳陽縣志縣東南六十里有香城亦名東鄉城疑其遺址

趙草城

在廢臨淮縣東距邵陽洲數里梁書曹景宗傳魏將楊大眼對橋北岸立城每牧人過岸伐芻藁皆爲大眼所略景宗乃募勇敢士千餘人徑渡大眼城南數里築壘壘成使別將趙草守之因名

邵陽城

在廢臨淮縣北邵陽洲上南齊建武三年魏主如邵陽築城於洲上胡三省通鑑注云洲在鍾離城北淮水中

東西古城

東古城在廢臨淮縣東四里城尙完西古城在廢臨淮縣西二里北臨淮水半爲衝齧西南兩面城址尙存土人又稱東

魯城西魯城今有東西魯城村

漢下相故城

安徽通志在廢臨淮縣西北

紫金城

安徽通志在府城外萬壽山前明初置

中都城

明史地理志洪武二年九月建中都城於臨淮舊城西三年十二月始成周五十里四百四十三步立門九明闕柯仲炯中都賦中都主人遊於鳳凰山之陽雲母先生終黎子濠梁客卿東魯大夫告來從遊主人曰若有起予言盍孰茲毋以顏之農而居先班之京而處後東魯大夫率爾而起逡巡而對曰吁予於晉魏之間歷梁唐宋元與其文之無事孰如茲之有聲嗟太

康之東魯堇輴旅而爲城雖百雉乎何破晉與魏兮華爭梟至梁武守義之以刺史帥三千兮禦英藐中山之勁敵抗十萬兮爾甯又有將懷文兮急援踰陰陵而相迎羌一旬兮飛橋捷截洲而夜營胡剖骸乎泛流淮水爲之漂盪也然猶爭城以戰孰與不戰而贏其在唐時之德宗享有萬福兮知名駭正已其陰竄駐渦口而僞行聲以先兮震喙膽不藏其胡勝一或不救甯以忠貞如李延鄒萬載光榮纛凜不如法軍士兮變生無清獻之鐵面據揭竿兮匪輕肆賢喆建侯于有豫兩聖智禦寇在無形曹瑋方田兮足食世衡射法兮足兵假以依山而置寨奮以仁勇而不驚是雖終綜阮之在濠而彼金人亳甯敢以南征哉主人曰噫有是哉持亂之道禮樂未成客卿若何豪梁客卿跣足而前麾麈而談曰那台喪物論之不齊傾秋水兮難洗吏漆園馬無功友觀魚兮有益爰有鯤兮化鵬虎兮爲黨台將于魚鳥昆蟲乎觀理也于是揭豪之致珍鯉刺腰少陽魴鱧鱒鱓鱠蚌蟹黿鼈天鷲青鶴鴿鴉野雉鴛鴦問讙鷓鴣棐翠竹秧賀鷄鵝老蠟嘴活獐綿羊皮貛獺兜毛貉害狼狡兔當市羣與處而同休一深山兮鹿豕孔稱詩書而贊禮樂老先道德而後仁義不如台主養生之不亡遊逍遙之獨適也至於齊檻車之覇管楚笥墳之史倚淮南入公建安七子欂櫨陳言桎梏經世台視之猶若儵攸然而逝主人曰戲夫休哉物外之修理亂不餙終黎子何若終黎子避席再拜稽首曰臣周封服兮附庸矗若木之朝裔間姬孔之聖域近宓鶩兮仁里雖當諸夏之無君猶附春秋之大誼主五伯兮夏盟賓吳楚兮夷狄當是之時五州十有三邑臣鍾離兮居三子米兮處四烈集兮陳屬偃寥兮霍敵宿趾垣土任城潁水州來蔡昭胡嬀沈姒徐方善道相黃舒履皆三皇廢國五帝絕世兮茅而胙宅因生而賜氏冠婚甍葬之邦雩郊嘗烝之鄙傷諸子兮式微遭吳楚兮兵革吳不受命與楚相弒於越是來騶淮歸一麟已死其胡獲空袒左而髮被迄於暴秦陳涉兵起戍首不收張楚隱譜悄賊繼之孩陝失勢抱虞姬兮奈何羞江東兮子弟漢興郡縣亂其遺已劉遺受侯四百餘禩夏侯剪項挾事獻帝子數從厲橫江與敵雖老瞞多詐亦英雄蓋世而已主人曰哀哉誠而言獲聞亂世之音未睹治世之吉先生云何亦昌颭哉雲母先生聒目而眠于爲睠自神農歷泊殷商乃揚聲請言農身負橐悉從疆布八政步九章巡過徐甸瀼穰瀼以北有麥粱有蘆稌暖以釀有五菽先麥稻十種易爲良閔風齊深水宏下馬看泰州絳脹破殼黃六公雀不知飛上倉金裹銀羊鬚芒幹柘壓蕆牛張荆接魯蠶富鄰桑水結柱從嘗采榮蔬識其詳楸黃雀栭莪香蝦雲母兮鍊鍾乳採石膏兮掇都粱

紫芝石斛罽氀爲糧日中交易抄乳糒羊毒氈罽樹纖桿穊
筐民既棄業叙五常聞農死民不將哀愍懸德非冠裳碑碣泯
名益彰神農訖夏禹爲鑿荊塗道㟁淮入江淪網其危浮淵
須通河圖會僮狡達汝肥灃溱蟹汜泚沸攸歸爾乃行田地
宜調及便利濬溝澮而距川紬萬國之玉幣甘貢則浮磬玭
珠羽畎夏翟其田則下下上中塗星赤埴其貨則齒革羽毛
七生十有九死又有伯益奏庶鮮艱𩚳食禹作司空豈第水
治而已哉余邸其間獻重黎之舊職數法四時敬道十日甲
子建除凡百有已開上天之日用俾下民以素質禹啻帝位
徐益受地余栖隱居乎鍾離眾雲母與膏石禹娶塗山生賢
子啟天用家乎天下于以世而相繼四百載履成湯召於亳
解民殃桀肆惡大武傷乃醜夏奠殷商孫太甲暴虐王尹攝
政奉於桐悔過後復奉璋水伐戀木王昌余起其間而爲大
夫進不作而信古孔將竊比以憲章是故芍陂汴渠猶或未
臧吹噓獨卧非予之臧而況引三十六氣以達趾未何異假
二十萬夫以堰荊浮是徒使白丹愈禹而曲防思遠爲壽而
誑粲者也散錢種杏同一心腸皆非大道豈足俞揚哉主人
聞之洽然而降再拜而參曰美哉善哉此乃余所以圖治何
幸而獲聞于此何不幸而晚與聞于今朕禘帝顓頊兮祖祝
融生鍾離兮獲羅紅長懸一世之苦乏兮與孟言而符同元
運之將終兮眾豪並起而爭雄鬼神告予渡江兮遂奏六王
十五公之膚功濟河踰北兮奄有二帝十二州之舊封乃歸
濠梁兮展先陵而周時伺爰作邑乎中都兮曰余于此地焉
與龍立鳳陽而爲中府兮隸五州與十有三縣各分疆而放
軌兮濠臨淮而遠演定大橫而判虎兮懷荊前而渦險虹有
僮與夏丘兮五河交而不泄泗當日而曠盱兮風氣萃汴洛
之平衍天壤沃而疇長兮宿蜂背而睢面壁浮山以續磬兮
壽春肩髀而苞笛蒙太古之山桑兮霍大別而饒蘄潁有州
而縣倚兮和距沙而肥倩亳得湯及盤庚兮迺有譙之不善
人之剛柔與聲音兮繫乎水土之風氣闢誰性率而遊俠兮
誰倫重而物賤誰茨壁而穗遺兮誰澆情而訟健誰薄德而
諂神兮誰信厚而醋愿誰淵合而洙連兮誰闇尚文而顯便
鬭誰印佩而仙釋兮誰俗乾而事䈂誰囂悍而剛掠兮誰氣
和而迹賤誰有睭鄉而無穿窬兮誰神越方而玄內鍊余皆
會而同于俗兮默而敷之于典大合祀兮天地篤孝慈兮父
母扶三教兮歸一宮部府兮相掣后帷不稱制戚屬不任職
鄉四飲兮有序民六言兮多溢猶諸斯人之徒兮弗煩天而
念叩乃以揚之斗兮速春徐之奎兮降斂豫之房兮分辦鈞
鈐搖兮嵩嶺禪天氐流兮代岱宗奠熒惑候兮鳥衡与垣三州
以協一兮照有開之必先然而岐幽豐鎬農業爲剛民有田

里志乃不遷余故移江南十有四萬之民而實鳳陽千二百里之田殆亦志存乎神農虞夏商周六八百年者也先生三子其以我爲胡然雲毋先生起而衛三子列於廷間便便言言諓諓詹詹僉曰大哉乾言至哉坤言臣通侯大夫夫亦陳前武之遺唾編已跡之故箋燕雀之于瓦詹安足望乎鳳凰之垂天哉賡作歌曰聖人陛哉孕祥凝哉鬼神禎哉羣雄傾哉胡主懲哉中原澄哉四裔清哉海外甯哉天地享哉日月明哉主人襄曰傑未輔與民未孚與天地鑪與萬物蘧與四君毋以余言作俞乃視相笑而莫逆乎中都也（許中麗過中京書事詩）鳳凰城闕紫霄間歷數靈承王氣還舊說圖書符洛邑載瞻玉帛會塗山太平有象農桑茂邊奏無聲甲冑閒自古賢才躋盛美願歌天寶答龍顏（曹如入中都越任）一入中都路山明水亦清連牆茅屋起隔岸野舟橫秋色紅搖樹霜華白映城催科兼水旱誰復念蒼生（王英扈從至中都二首）元政失其綱彝風日已潰羣雄向虎鬭海宇亦冥晦明明我聖祖陽德與天配乘時握乾符振耀開草昧提劍渡長江英賢若雲會南收漢與吳北取齊魯代鯨鯢就誅剪欃槍悉蕩洒甦我塗炭民恩若時雨霈大動斯有成八表祝無外煌煌帝王業樹德豈在大殷湯始自亳漢高起豐沛肅穆瞻此都神靈赫然在又長淮日東馳衆山騖西北重城壯且麗飛觀高百尺聖祖昔臨幸玉帛朝萬國酒酣歌大風天威何赫赫今我神武君昭哉嗣宸極鑾輿斯莅止祇若森衛翊匪徒事遊豫弘此大孝德寵禮加耄倪溥及動與息重光益宣朗繼美諒無斁所慚載屬車深抱素餐責與言頌王游賡歌思戒敕（胡廣詩）高皇發跡自濠梁萬古中都建鳳陽山勢西來臨海盡河流東合接天長九霄日月旋丹殿五色雲霞衛帝鄉聖主北巡因
駐蹕甯泉石室重輝光

臨淮舊城

在縣東十餘里臨淮志梁天監五年築周廻九里三十步明初以鳳陽爲新城臨淮爲舊城 國朝乾隆十九年省臨淮併入鳳陽縣遂廢

淸淮樓

在廢臨淮縣舊濠州治子城上（唐張頔淸淮樓詩）觀魚惠子臺蕪沒夢蝶莊生冢木秋惟

有清淮供四望年年依舊背城流

南華樓

在廢臨淮縣逍遥臺前明萬歷中重建有莊周像（明潘溱宴集南華樓詩躍馬初鳴劍停車又上樓南華千古勝東道暫時留一水蟠王氣羣山鎮帝州獨憐民力盡樵採未曾休（吳定南華樓寄題濠上南華尚有樓逍遥人去幾千秋鯤冥魚沼皆知樂斥鷃飛鵬總一遊有意凭欄看秋水忘機倚檻若虛舟坐深忽覺乾坤小恍遇蒙莊問十州（國朝秦鉞登南華樓蝸舍時時擁鼻吟高樓猶許獨登臨驚人鳥鵲翻飛去入座蒼苔嵗月深秋水漲時勞望眼白雲飄處動鄉心等閒莫展南華讀天外鵾鵬不可尋

望仙樓

在廢臨淮縣城內市樓東相傳唐藍采和仙去於此樓望之因名

中都譙樓（卽鼓樓）

鳳陽新書在雲濟街之東洪武八年築臺建樓舊府志崇禎八年爲流賊所焚十二年重建鳳陽縣志咸豐三年粵匪焚毁臺址猶存上有萬世根本四字（明周金中都譙樓詩帝里危樓危且雄遠涵滄海障晴空雲霞出没三光接山嶽盤迴四望通節鉞東西開永晏衣冠南北起高風明時氣概增形勝俯仰乾坤萬古同（王守仁登譙樓千尺層欄倚碧空下臨谿谷散鴻濛祖陵王氣蟠龍虎帝闕重城鎖蝃蝀客思江南惟故國雁飛天北礙長風沛歌却憶回鑾日白晝旌旗渡海東（項龍章上已登郡譙樓高樓直欲與雲齊極目春郊望轉迷絕磴俯臨千戶小長天遥接數峯低裁詩罰擬同金谷載酒人還勝竹溪竟日淹留殊未足娟娟新月挂城西（國朝張宣燈夕行登鼓樓作畫棟連空起濠梁城外月如水踏春人踞最高巔燈光散落千門裏憶昔中都方全盛豪民十萬相輝映九門甲第凌雲高五侯冠蓋軒霞競都城士女嬉春宵蓮光照耀徹昏朝平壓廣陵欺白下永夜深歌沸海潮一從大江王氣歇金粟堆

前風雨相三殿芳生閣第空巍然此樓獨負繞樓高月明幾百秋暮山横翠晚碧收一輪皎皎當空出長淮日夜水東流

水月銀花爭瀲灧驚起王謝堂中燕啁啾咿啞向誰家覓皇山畔月横斜夜漏漸深銀漢迴幾處疎燈猶耿耿憑欄遙望

意慨然坐盡中宵風露冷

鐘樓

鳳陽新書在濟雲街之西與鼓樓對峙相距五里洪武八年

建中縣銅鐘以警朝夕（國朝）鄧旭過鐘鼓二樓有感詩

傑構當年啟帝圖巍巍雙闕表中都樓前劍珮千雲上海外衣冠匝地趨萬石鯨鐘沉玉砌千門魚鑰憶金鋪黍離事異宗周恨搔首蒼天欲問無

含桃閣

在廢臨淮縣舊濠州治東濠梁志舊爲郡廨西齋宋梅詢爲

守呂夷簡爲倅以此爲宴憩之所

元勳閣

在府治西南明初爲功臣建

觀魚臺

在縣西南七里寰宇記惠莊觀魚即此臺元和郡縣志莊子

與惠子觀魚處亦名莊周臺（宋）蘇軾觀魚臺詩欲將同異較錙銖肝膽猶能楚越如若信萬殊歸一理子今知我我知魚（明）孫徵登莊子臺殖園亂鴉集古寺雲暮獨登臺夢蝶秋猶掠野花開自開煙山城上闊風雨望中來淮水依然在莊生去不回（胡文璧登莊子臺次前韻曾觀秋水賦今上古濠臺夢春全破問誰過與開遊魚諳客意野鳥傍人來便欲沽清醑豪歌帶月回（國朝）章欽文觀魚臺人生天地間憂樂恒相半惟有至人心適遇皆衍衍莊子遊濠梁相與寄娛歡非我亦非魚應作如是觀猶彼夢蝴蝶栩栩得泮奐我來觀魚臺感此發長嘆憂樂由中心大道本一貫傷哉四郊民無以資饔餐況當大無年又復爭逃竄有饑若已饑吾罪何能逭安得忘江湖如鮒投涸轍弔

古重徘徊參取同魚樂（焉龍觀觀魚臺四望平如掌高齋卽澗懸石梁從草合金井任藤牽風定鳥窺水雲開魚在天欲尋莊叟樂濠水只涓涓（許德心登莊子臺上上層臺樂且顛凌空老樹繞寒煙臨風欲喚先生起細把南華說幾篇

逍遙臺

在廢臨淮縣東門內開元寺後唐濠州防禦使梁延嗣累上爲臺卽莊子墓也上刻莊子像覆以亭明萬歷間知縣賈應龍重建　國朝康熙三年知縣孫纘祖重修（宋蘇軾逍遙臺詩常怪劉伶死便埋豈伊忘死未忘骸烏鳶奪得與螻蟻誰信先生無此懷（明賈應龍登逍遙臺有感臺上風光好披襟豁眺吟逍遙千古意落寞一生心我欲追先哲誰爲寄遠音有懷殊無那楓桂自蕭森蘇寒村逍遙臺古寺關河隔荒城水國分長風起天際吹亂石梁雲

觀象臺

在獨山上鳳陽新書洪武初設欽天監觀象臺於此又有觀星堂今廢（明黎擴登觀星臺春望鳳皇應運出復來巘鍾離有開兆必先得名艮在茲長淮當百二奠比磐石基輿圖天蕩蕩民物春熙熙安得謝泉石遷喬止邦畿

四望亭

在舊府城南唐太和中刺史劉嗣之立李紳過濠爲作記紳溯小時號短李故又稱短李亭（宋蘇軾四望亭詩頹垣破礎沒柴荊故老猶言短李亭敢請使君重起廢落霞孤鶩換新銘

翛然亭

方輿勝覽亭在濠州倅廳子城上舊名觀瀾宋元祐中王雍爲郡倅因晉簡文帝翛然臨水便有濠濮間想語乃易今名

今廢

更好亭

濠梁志云在州治西齋之西亭前植梅清奇可愛取蘇詩竹外一枝斜更好之句名之今廢

藏春亭

臨淮志在舊州治子城東北隅宋州守樊仁建今廢

御書亭

鳳陽新書在龍興寺內洪武十六年建有太祖御書第一山三大字碑按碑今在龍興寺後山頂明吳伯宗御書亭詩九重宸翰麗天文三字空碑壓厚坤山色不銷今古異地靈惟藏帝王尊蛟龍絕巘盤亭構獅象諸天拱寺門千載鍾王誇健筆敢同羲畫與時論

枕淮亭

在舊濠州治子城上宋建一名望淮

威信堂

在廢臨淮縣舊濠州治臨淮志宋淳熙間郡守王回陛辭上諭以守邊之道無出威信二字因以名堂久廢

三賢堂

濠梁志在城東北隅宋時建祀彭祖莊子惠子明正統二年

淮水洴塲

靜正堂

在廢臨淮縣舊濠州治堂後又有清風堂皆宋時建

西堂

明史諸王傳蜀獻王椿太祖第十一字洪武十八年駐鳳陽闢西堂延李樹荆蘇伯衡商榷文史鳳陽新書蜀王闢西堂讀書自娛召儒臣論文方孝儒與焉復建寶訓堂命來復爲記今遺址皆不可攷

水館

在白石山下唐張祜濠州水館詩高閣去煩燠客心遂安舒清流中浴鳥白石下遊魚秋樹色凋翠夜橋聲擣虛南軒更何待坐見玉蟾蜍

濠梁

即莊子與惠子觀魚處今濠水猶存梁不知所在明周獻王濠梁紀事詩淮南淮北雨初晴幾渡青山似洛城對酒已拚今日醉看花不作少年情水衝玉峽奔流急霞映金沙夾岸明閒倚闌樓清眺處鬱葱佳氣是神京蘇祐濠梁行山川萬古開淮甸勝跡靈蹤今始見遺宮突兀峙嵯峨佳氣五雲鬱葱蒨鼓鏞舊邦肇有周沛豐故里興炎漢禹跡茫茫分九州淮徐兖冀産王侯風環氣結有運會開基垂統獨殷周建瓴秉鉞貢龍出義殺仁生刑政一始信神靈不易生篤國仰之皎如日上壤中原幾千載九曲西來代還改黃河噴浪下金天長江迸勢歸蒼海元人失馭奔其鹿我皇陛降河之曲英雄百輩齊奮揚熊羆萬旅隨馳逐沛上蕭曹卿股肱南陽耿鄧同心腹二十八宿咸天麗三十六幅同一轂叱咤風雲紫極尊亂宗宇宙皇風穆文謨武烈紀旗常貢琛獻幣開明堂山川闔闢昔王土富貴非徒歸故鄉棄階三尺示朴素禹王萬國來趨蹌此土遂爲湯沐邑追于比隆周季歷馳道旌旗日月分元宮屋宇螭龍立王侯將相拜封多殷夏黃虞不齊過湛露常賡周雅什大風不唱漢臺歌王公設險守其國大江天塹阻南北舊京百二玉關東昌期五百金陵側鍾山石城繞大江奉春脫輅說君王埋金鑿笑秦淮陋定鼎卜從郟鄏長鼎成龍去經幾禩依山尚有龍興寺殘僧常懷古佛龕老僧頻悉常年事高亭再覽御書碑寶函再睹開山記寺外塗山儼對

荆城邊渦水遥通泗十四王妃可長存諸侯列將空相憶八
衛仍屯紫金城千官今見玉霄京何人疑撰三都賦甲士常
園十二營花覆寢宫當書閲苔侵輦路入春生風雲苍接郛
壝色鼓角猶傳象魏聲赤縣神州更創建虎踞龍蟠舊稱羡
聖神四海本爲家華夷萬里皆南面黄金倚斗貯高臺青玉
當天陳寶案北極宏開日月間南京深鎖雲霄殿國朝劉賓
濠梁送客先生泛宅復浮家高寄江頭覽物華坐擁圖書消
永日間評草木種奇花偶來策杖尋丹穴爲愛攜琴侶玉騧
自愧史雲塵甑冷蕭蕭持贈只煙霞（俞成雪後過濠梁請色
初開雪未消馬蹄雜踏碎瓊瑶憑高尚識莊周墓懷古誰求
惠子墓冰凍魚應藏舊穴雲連麥已發新
苗過淮十里尤清絶竹屋茅檐遠市囂

潛龍殿

在廢臨淮縣開元寺内南唐李昇微時嘗寓寺中故名

高唐館

在舊濠州治西漫叟詩話俗以爲楚之高唐（宋閻欽愛宿濠州高唐館詩借

問襄王安在哉山川此地勝陽臺今朝寓宿高唐館神女何
曾入夢來（國朝魏宗衡高唐館詩笑語凌波感夢真覺來兹
夕逈何辰一從雨散峯初曉是處香迷館已春倩賃未隨瑶
浦化幽期曾訂碧鸞因只今莫辨行雲地空想當時下玉人

圜邱

鳳陽新書在洪武門外之東殿垣久廢基址猶存按即今圜
邱寺

方邱

鳳陽新書在後右甲第門外舊有殿宇樹木因淮濟没留守
右巡守按即今方邱湖

花園

鳳陽新書在皇城内萬歲山前花木茂盛歲以鮮果薦於皇

陵南京太廟孝陵今廢

垂花塢

在廢臨淮縣治東上有樛藤垂花唐刺史獨孤及愛之因命以名（唐獨孤及垂花塢醉後戲題并序）北周臺南十餘步有邱一成上有樛藤垂花而蔓草荒之且隔大溝路不可陟道士張太和伐薪為堰覆土以壅滄余亦命薙氏治蕪穢而刻宿莽遂闢為登賦之位位廣二席席間足以函尊酒二簋三月戊子及羣英由堰而升焉諸花倒垂下拂杯案紫葩襜襜如釵如旒衆君子瞻弄之不足故秉燭進酒以繼落日欲矯醉而不能也因名其地曰垂花塢堰曰緣花堰又飾之以詩云紫蔓青條覆酒壺落花時與竹風俱歸時自負花前醉笑向儵魚問樂無

水濂真洞

臨淮志在清流門外宋紹熙間皇甫斌書水濂真洞四字刻於石其字水淺則見（明宋濂題水濂洞詩）石泉飛雨亂淋漓翠箔銀絲萬縷齊雲幄潤含珠網密月鉤涼沁玉繩低鮫人夜織啼痕濕湘女晨粧望眼迷恍似水晶宮殿裏四簷花雨亂鶯啼（楊彥華題水濂洞）羽人琳館如桃源縹緲疑與三山連世傳萬古水濂洞杖藜信步閒隨緣溪尋猶似武陵路琪花瑤草生青田怪石巉巖虎豹踞蒼松翠蓋蛟龍眠碧牕不鎖洞天靜客來一任餐雲煙洞中羽士髪尚元邀我共坐秋水軒岸下束薪煮白石丹爐分火烹清泉昔聞有客傳書至蓬萊一去三千年羽人索我賦詩篇神遊八極何茫然酒酣率爾動高興醉揮老筆書蠻牋信知造化不可偶人間何地無神仙嗟乎古今一俯仰一恨不拂繼焦桐絃倚闌白眼望塵世浮雲世事尤堪憐長嘯一聲出門去飄然兩袖秋風前何當毛骨同仙化倒騎黃鶴昇鈞天（郭振題水濂洞）洞外垂藤拂古津洞山瑤草不知春竅通元氣乾坤大門鎖青蘿歲月新滿洞碧桃垂雨露一簾秋水動星辰瓊林坐久聞仙詠環珮珊珊響綵筠（柳瑛水濂洞）方丈蓬萊異世間採芝仙子自延緣水浮宮殿清虛境地隱雲雷咫尺天洞口龍歸收宿雨松梢鶴起避晨煙何時得挹浮邱袂來向壺中共引年（郭本宿水濂觀）水濂佳處直蓬壺洞前瑤草石山蒲松風一枕芸牀穩海鶴數聲清夢孤（張惟恕觀水濂洞）停

舟淮水曲同陟碧山頭折柳歌三疊看花茗一甌燕穿仙閣落魚上水濂鈎況復高人會黃昏此逗留（明文璧水濂洞齋宿澗水巉巖洞府幽水濂常挂不曾收風迴虛谷時聞嘯月轉疎櫺自上鈎雲鶴夜深仙管下蟄龍春動頷味浮今來境界非當日一笑滄桑幾換籌）

夢蝶坊

在廢臨淮縣開元寺西世傳莊周嘗寓此

惠子窰

在廢臨淮縣治西南三里相傳惠子遊濠上居此

臨淮故里

鳳陽新書故里在廟山山有伍子胥廟引舊志云唐時有伍舉宦此（唐陸龜蒙過臨淮故里詩交遊昔歲已彫零第宅今來亦變更舊廟荒涼時享絕諸孫衰落一官成五湖竟負他年志百戰空垂異代名榮盛幾何流落久達人懷抱薄浮生）

撒金街

在舊臨淮縣城內世傳藍采和曳錢仙蹟在此（明高啓題藍采和詩石崇步幛四十里王愷珊瑚八百株寧可黃金堆下死街頭不散一青蚨）

睡仙崖

在廢臨淮縣曲陽門外有石崖長二丈餘中有一段平坦約六尺世傳有仙嘗睡於此崖旁有睡仙庵（明孫儒睡仙庵詩若個幽人愛逸遊萬松深處卧高邱半天和氣爲單被一片青山作枕頭想是邯鄲驚呂客不知蝴蝶夢莊周老仙傳得神仙術睡足乾坤幾百秋（國朝魏宗衡詩不覺邯鄲睡已安松風幾度石生寒曠懷想是華仙侶世事悠悠夢裏看陸垂三睡仙崖詩俗聾不可覺青白復誰施不辨雲歸早寧嫌日上遲頭圖徒有飲漢魏總無知一任崖邊草年年照古祠

奕壇

臨淮志在縣治西南三里會仙館前刻石爲碁枰豎二窟沙崖子傍刻唐人詩并爛柯二字世傳仙人奕碁於此今濠淮汎漲其跡漸湮明金極碁磐石詩人間萬事如碁局往古來今失故新誰爛斧柯虛歲月卻留盤石鎖煙塵心兵有跡憐無訣手語無聲覺有神消盡晝長閒一奕夕陽西下鳥飛頻（張惟恕詩東風三月淮柳狂同來石上傾尙觴歌聲暗逐鳥聲轉棠花晴共桃花香斧柯已爛雲霞在枰跡空留歲月長一着輸贏誰識破古今塵土自奔忙劉誠題詩曉行山霧濕雕鞍洞口雲深樹色寒苒苒瑞煙籠寶殿融融斜日照花欄碁枰石上千年在柯斧河邊萬古看爲喜淸和同勝覽酒餘詩思更漫漫

淬劍泉

在府遺碑村相傳莫邪劍成以此水淬之

盤厔槃

在府治南山中古槃也

解帶石

在廢臨淮縣淸流門外俗傳項羽敗垓下投薛公不納解帶飲石上卽此

乘龍洲

在廢臨淮縣東北淮水中流舊府志周世宗征濠夜遣兵持炬乘橐駝絕淮濠兵驚以爲鬼乘龍也

石寨

在府治東北萬歲山頂築有石垣

故宮井

在縣城內口大逾常旁有故宮柱礎又府城東南隅有銅井中有銅墻一道皆明初物(國朝吳初枚故宮井詩)白玉雕瀾甃宮井碧梧沉沉覆清影美人素手牽朱綆轆轤嘔啞香雪冷天上小團龍鳳騈活火烹煎光炯炯晝漏迢迢春睡醒沁齒回甘消日永古來樂事空記省朝周亳社屏幸免胭脂辱泥滫供他野老桔槔打泫泫清泉此地宮車未幸臨三百年中閉絶境雪浮流膏飲蛙黽玉馬走畦町又故宮礎詩空山之石頑且堅嶔崟犖确空中顯一朝伐作殿中礎如拔寒唆升青天規方一丈厚二尺中凹受柱車輪圓雙龍五鳳雜雲氣匠巧一一窮雕鐫物換星移百千載悠悠蒼海變桑田飄零展轉卧溝瀆汙泥蔓草紛糾纏自古彤廷最清肅蓬萊閶闔朝羣仙履綦有禁踏雲陛咳吐誰敢落花磚峨峨柱石載梁棟森森位置如星躔縱不能言亦矜貴那知數過成推遷人生壽命不可延花枝容易變枯稾堅如金石無虧騫還同遊水流潺湲君不見石馬摧頹渭原上銅駝埋棄洛城邊

彭祖廟

在府治西南雲母山相傳彭祖隱於此宋蘇軾有彭祖廟詩自注雲母彭祖所採服焉蘇軾詩跨夏商周看盛衰欲將齒髮鬪蛇龜空餐雲母連山盡不見蟠桃著子時

蕭公廟

在移風門外中都志云蕭伯軒新淦人宋咸淳間死人以爲神爲立廟永樂中封水府靈通廣濟英佑侯

瞿相公廟

在縣西南三十里瞿相山中都志云創於元時

黑水將軍廟

臨淮志云在臨淮門外刱於宋嘉定四年郡守鑄鐵將軍像以鎮淮其腹有銘（見金石攷）明洪武正德隆慶間疊經重建 國朝順治時倒入淮居民求得之建祠一間祀焉

開元寺

在臨淮攀桂坊唐開元二十六年詔建故以紀年爲額名曰都道場後經兵火寺廢明洪武初重建 國朝雍正間改爲學宮移開元寺於臨淮南關外（國朝項樟開元寺詩舊寺臨淮郭門出郭門行行暗壁侵古佛遺號襲開元遠漫殘碑字微茫夕照村不堪久佇立荆棘滿頹垣（孫遜開元寺漫興二首）每逢僧舍便爲家柴米油鹽醬醋學仿帖觀書孤館寂尋幽訪勝一節斜瓦鐺自煑緣憐僕小砌親鋤爲愛花最喜老僧霜滿鬢暇時相與說楞伽雨過斜陽暑氣收客懷澹處與天遊居停一半從僧舍蹤跡三分似道流清韻夢回風擊鐸鄉心夜靜月明樓竹窗不掩星

光入枕上依然見女牛

廣教寺

在臨淮恩桂坊中都志唐劉金宅其子仁贍施爲寺石塔四層宋元祐間修臨淮志明正德十一年塔傾見石函書造塔年月有鐵雲板一片

鍾離寺

在廢臨淮縣鍾離故城東（唐張祜濠州鍾離寺詩遙遙東郭寺數里占原田遠岫碧光合長淮清派連院藏啼鳥樹鐘到落帆前惟羨空門叟棲心盡百年）

法華寺

在縣西南六十里俗呼塔山寺鳳陽新書宋以前建景祐七

年重修寺有七級浮圖縣志劉府塯山寺與塯久廢

大聖寺

在縣西南四十餘里鳳陽新書云元至正間建有小石碑及七級浮圖

棲巖寺

在縣西北三十里白石山中俗名白石寺中都志云寺有石室宋高宗常賜御書於此縣志今寺石室尚存

皇覺寺

在縣城東南三十里鳳陽新書元於皇后生時遭兵亂棄於鳳皇山碧雲庵道人收送鄭家養之及長入宮爲后詔建寺

以奉其祖故又稱於皇寺

龍興寺

在鳳皇山前明洪武初勅建寺有明太祖御製龍興寺碑第一山碑律僧法一部欽錄恩典一冊累賜勅九軸護山勅一軸又賜山場藏經後屢經兵火 國朝康熙間重修粵撚之亂全毀光緒初又修今寺有明太祖龍興寺碑銅鑊銅鐘鼓又有明太祖像明太祖龍興寺碑寺昔於皇去此新建十有五里遵方坤位乃於皇舊寺也寺始創之由爲因累經兵廢其焚修者不一況前無刊石之可稽故失始創之由但知昔宋時先爲金所廢後亦爲元所廢諸僧因兵而雲水不知何之者其數無紀唯一僧名宣者亦被傷入鍾離舊城東嶽廟焚修後金亡宋終元定天下其宣者出城於瓦礫中建茅宇而度弟子以成其寺應供是方宣在宋末元初作開山住持師徒相繼傳至住持僧元紀於元至正十二

年羣雄並起爲亂兵焚瓦礫荆棘三十二年朕嘗思之昔幼
時師高彬者托身於寺四年初棲之時其年蝗旱寺罷僧飯
師長弗濟彼時朕年十有七歲方爲行童五十日於教茫然
因師弗濟且父母長兄不踰二旬盡皆崩逝家道零落歸無
所恃出無所估雖如是亦飄然西游廬六光固汝潁三年後
歸歸方四年天下亂從雄倡義旅南入滁陽次入和陽已而
東渡大江角立羣雄又十四年息羣雄即帝位統寰宇又十
六年天下太康召詢舊僧在俗願復爲僧者許之唯昔住持
德祝座下弟子善杞去鬚髮應召而至京師朕與議舊寺之
基去皇陵甚近焚修不便於是擇地是方寺成大臣入奏更
寺名龍興以善杞爲開山住持是時諸僧經兵日久失條授
息記聞況乎昔供應之儀相傳譌謬特召儀眞地藏寺闍黎
文彬者講其所以文彬深通顯密之教特勑翰林與是僧將
平日繁紊之辭盡行删去定眞折僞以成科儀越兩月而成
編時僧甚少江東諸幼僧聞文彬奉勑宮龍興寺額爲座下
弟子者四十有奇於洪武十六年秋八月善杞後顯密法師
文彬受善世法師會集諸方願從焚修者大闡瑜珈顯密之
教是寺之建非爲佛積福而建止因幼托身於寺四年寺因
兵荅其應供是方者無有失孝子順孫眞終追遠之道因此
立刹之意留心歲久數欲爲之恐傷民資若將民資建寺求
佛福從何來蓋民資勞於筋骨力爲之而養父母畜妻子豈
帝王不勞筋骨以施而求於佛仙者乎若以是而云無乃佛
仙不可求乎不然佛之善仙之化世無上者安有不可求之
者乎所以民供朝廷者爲求安也朝廷所以積倉廩者爲報
少賞善以安天下也故不敢不謹出納以應上帝豈肯恣意
而糜費焉因非帝王已勞而成資資乃民力也故不敢輕用
由是不遂建刹之意洪武初欲以山前爲京師定鼎是方令
天下名材至斯後罷建宮室名材爲積木因而建焉今也寺
成佛地已完自建之後凡焚修願祝福於被役軍民令其已
往見存者獲無量福於身家是辭每遇晨昏節令諷經回向
必依是論而祝永世無窮而增安焉故勑杞之洪武十九年
歲次癸亥九月吉日（廬山僧龍興寺漫興）半畝山前屋千椽
亭外松雲深尋曲徑風細聽疎籟境寂眞醫俗神清足破慵
應知林壑裏自古出人龍（戴纓龍興寺詩）蓮崿重重護佛龕
從來形勝帝家居龍飛百二山河非象教三千法界盡地結
雲霞開別構天垂星漢出晝須知今日樓臺盛此是當年
授簡初（馬楷詩）寶地平明入蔥蘢望轉遙洪鐘迎曉日紺殿
出重霄空翠當簷落羣峯向閣朝龍文連紫氣鸞嶺動風飈
曲徑盤方石層臺挿斗杓蒲團方丈靜金鐸梵音飄客到忘
生滅僧迎話寂寥傳杯逢盛友高論破喧囂香煖茶煙合霜

淸柏子渦法雲看頃刻坐遣壽龍消(趙炯然蔡春吾瑞社諸友於龍興寺偶賦)結契青雲表幾餘幾門春江湖時有信隴麥漸爲仁自異魚集無妨燕燕嗔倘思占五聚喻英未逝神(國朝吳之員第一山龍興寺懷古)紅塵侵人白雲封第一山中駕六龍三百餘年滄海變不堪古寺聽晨鐘(夏俱慶遊龍興寺有感)少年頻到龍興寺此日重遊倍黯然滿院霜花摧敗葉一泓秋水亂寒泉香消梵宇燈光冷鉢掩禪堂錫杖懸惟有閒雲飛不去依稀猶傍舊山川鳳陽縣志

陶文毅公詩碑在龍興寺壁間瑞景初開雪岫攀鳳陽城郭彩雲開憑空盡覽諸峯秀得歲欣同四境聞天近日精懷魏闕春催曉色度淮關熙熙頹濤登臺樂第一辰來第一山道光乙酉元日同春塘觀察玉農太守登鳳陽第一山有作即示湖眞上人雲汀陶澍(又戴聽次前韻)元禮門高不易攀從遊同上翠微間都原雪後韶光動城市春回物態閒暫放旌麾停綺陌永留翰墨照禪關羊碑杜甏俱千古不數襄陽峴首山(又陸懷璟次前韻)問俗觀風喜共攀蟾帷暫駐翠雲間春回大地人同樂身到高峯意自閒古堞蒼茫懷勝國淸淮曲折赴雄關詩僧乞得如椽筆詎數坡公帶鎭山

竹林寺

在臨淮曲陽門外中都志云刱自唐時元末毀於兵火洪武初僧廣安復建臨淮志崇禎末爲劉良佐兵所焚

眞如寺

在臨淮城東二十里花園湖西岸元大德間建兵廢明洪武間復建縣志此寺四面皆湖汶水大則寺在湖中

戒香寺

在廢臨淮縣南三十里明正統間建(國朝黃烈戒香寺山中禪吟出郭舒淸勝香花梵宇深空山分鳥舌古佛淨塵心有帶期留玉爲鋤豈顧金老僧談往事殘碣綠苔侵

通眞觀

在廢臨淮城內昇仙坊舊府志元至正間建壬辰年燬於兵火洪武六年復建門左右有石刻藍采和像濠梁志云采和一日飲酒於市樓有五色雲覆樓上飲畢乘雲而去觀即其地

莊子墓

在臨淮學後前有南華樓

王欽若墓

中都志云在獨山東北輿地紀勝云獨山王欽若墓前山也

香林蔡居士墓

中都志在南左甲第門外諱成元季進士

明陵

在府治南十八里明太祖父陵明史禮志仁祖葬在鳳陽縣太平鄉太祖至濠嘗議改葬不果因增土以培其封今陵旁故人汪文劉英等守視洪武二年薦號曰英陵後改稱皇陵設皇陵衛并祠祭署奉祠鳳陽新書皇陵有土城一座中有磚城一座內有皇城一座其間享殿具備殿左右廡官廳直房神厨宰牲厨酒房等屋數百間碑亭二座祠祭署舖舍數百間松柏數百株石人馬數十對崇禎八年張獻忠破鳳陽盡遭焚燬今存者惟二碑及石人馬而已明太祖皇陵碑洪武十一年夏四月命江陰侯吳良督工新建皇堂予時秉鑑窺形但見蒼顏皓首忽思往日之艱辛況皇陵碑記皆儒臣粉飾之文恐不足

爲後世子孫戒特述艱難明昌運俾世代見之其辭曰我
父皇寓居是方農業艱辛朝夕徬徨俄而天災流行眷屬罹
殃皇考終於六十有四皇妣五十有九而亡孟兄先死合家
守喪田主德不我顧呼叱昂昂既不與地鄰里惆悵忽尹兄
之慨然惠此黃壤殯無棺槨被體惡裳浮掩三尺奠何肴漿
既葬之後家道惶惶仲兄少弱生計不張孟嫂携幼東歸故
鄉值天無雨遺蝗騰翔里人缺食草木爲糧予亦何有心驚
若狂乃與兄計如何是常兄云去此各度凶荒兄爲我哭我
爲兄傷皇天白日泣斷心腸兄弟異路哀慟遙蒼汪氏老母
爲我籌量遣子相送備醴馨香空門禮佛出入僧房居未兩
月寺主封倉衆各爲計雲水飄颺我何作爲百無所長依親
自辱仰天茫茫既非可倚侶影相將突朝煙而急進暮投古
寺以趨蹌仰窮崖崔嵬而倚碧聽猿啼夜月而淒涼魂悠悠
而覓父母無有志落魄而徜徉西風鶴淚俄淅瀝以飛霜身
如蓬逐風而不止心滚滚乎沸湯一浮雲乎三載年方二十
而强時乃長淮盜起民生擾攘於是思親之心昭著日遙盼
乎家邦已而既歸仍復業于於皇住方三載而又雄者跳梁
初起汝潁次及鳳陽之南廂未幾陷城深高城隍拒守不去
號令彰彰友人寄書云郎趨降既憂且懼無可籌詳傍有覺
者將欲聲揚當此之際逼迫而無已試與智者相商乃告之

曰果束手以待斃亦奮臂而相戕智者爲我畫計且禱陰以
默相如其言往卜去守之何祥神乃陰陰乎有警其氣郁郁
乎洋洋卜逃卜守則不吉將就凶而不妨即起趨降而附城
幾被無知而創少頃獲釋身體安康從愚朝暮日日戎行元
兵討罪將士湯湯一攪不得再攪再驤移營易壘旌旗用望
已而解去棄戈與鎗予脫旅隊馭馬控韁出遊南土氣舒以
光倡農夫而入伍事業是匡不踰月而衆集赤幟蔽野而盈
岡率渡清流戍守滁陽思親詢舊終日慨慷知仲姊已逝獨
存駙馬與甥雙騎馬引兒來我棲外甥見舅如見娘此時孟
嫂亦有知携兒挈女皆從傍次兒已没又數載獨遺寡婦野
持筐因兵南北生計忙忙一時會聚如再生牽衣訴昔以離
當於是家有眷屬外練兵鋼羣雄並驅飲食不遑暫戍和州
東渡長江首撫姑孰禮儀是尚遂定建業四守關防礪兵秣
馬靜看頡頏羣雄自爲乎聲教戈矛天下鏗鏘元綱不振乎
彼世祖之法豪傑何有乎仁良予乃張皇六師飛旗角亢勇
者効力智者贊襄親征荊楚將平湖湘三苗蠻服廣海入疆
命大將軍東下平吳越齊魯耀乎旌幢西有乎伊洛崤函地
險河湟入胡都而市不易肆虎臣露鋒刃而燦若星鋩已而
長驅乎井陘河山之内外民庶咸仰關中既定市巷笙簧元
菟樂浪以歸版籍南藩十有三國而來王倚金陵而定鼎托

虎踞而儀鳳皇天塹星高而月犀滄海鍾山鎮嶽而爭高接乎
鈕漢欲尊陵之徵葬卜者乃曰不可而地且臧於是祀事之
禮已定舒精絜乎蒸嘗惟勞罔極之思難報爰石銘於皇
堂世世承運而務德必彷彿於戲滴淚筆以迷斷論嗣以撫
昌稽首再拜頓時時而來饗洪武十一年歲次戊午七月吉
日建（胡廣陪駕祀皇陵詩）聖主春巡日皇陵曉祀時千官陪
玉輦萬騎擁龍旂精潔陳明薦焄蒿重孝思成周深德澤瓜
瓞此攸基（文王英詩）肅肅企靈宮冥冥望神御陰藏颯然來
泠泠啟朱戶祠官儼駿奔宗伯翼禮度嘉此殷薦誠重慰皇
心慕籩豆既以陳登歌間鐘鼓紛數祥煙繞恍忽百靈助陽
然俯仰間宛若養墻覩周室崇三后陟配於帝所維孝斯求
享烝哉我皇祖（文郡寶詩）鬱鬱王氣接巨壇雲向乾坤得大
觀歲樂留都周冊祝月遊原廟漢衣冠九重陟降天庭近萬
葉栽培地本寬瞻仰不勝欽頌在無疆休與泰山安（萬嗣達
壬子至日陪祀皇陵）瞻仰龍山帝脈長聖明湯沐信無疆天
開屏障依神路地擁星辰護上皇漢代諸陵豐禮數周禮大
饗肅冠裳小臣祇愧文園令獻壽初陪萬歲觴（周敘陪從蜀
王祀皇陵二首）未從西蜀按封疆先謁中都祀太皇龍虎風
雲藏陳略鳳皇星日著文章萬年淮土園陵重千里岷山道
路長恩寵自天隨福履早開憑軾詠濠梁親王代祀撫松楸
王座金門敞素秋日月麗天深睿想風雲齊仗儼神遊鍾離
樹老幽宮壯芒碭山高王氣浮此日形庭瞻勝地祠光應歆
五城樓（周盤謁皇陵致頌）淮甸龍飛日巍然奠帝鄉河清應
誕聖草昧必興王天啟皇圖盛人欣泰道昌前元淵區夏真
主起濠梁廟算驅羣策神威振八荒謀臣皆附翼壯士欲騰
驤收野爭迎武鳴條亦望湯三軍仗仁義百戰定勛勤傳檄
幽燕下修文反側降乾坤疑再造日月訝重光建業先基命
中都始發祥陵園鍾瑞靄俎豆薦馨香舊苑宜麟臥高邱有
鳳翔千靈扶帝祚一脈引天潢締造光豐鎬規模陋漢唐五
軍環羽衛多士詠思皇表裏山河壯巃嵸草木芳堯民方擊
壤舜帝正垂裳祗謁瞻清廟觀風入舊邦時平將獻頌依聖
萬年長（何景明皇陵詩）陵闕皇靈閟山河王氣遙萬年龍虎
抱今夜鬼神朝玉盌留天地金燈照寂寥如看翠華度縹緲
在青霄（唐順之皇陵行）皇陵鬱鬱標淮泗上諸峯盡如面
衣冠月出鬼前驅劍璽晝扃人不見銅井沉沉列寒綵霞
隱映紅闌干碧砌紅闌松柏裏遙遙複道中天起石馬陰嘶
萬歲雲靈風暗捲長淮水深山大澤兩纏綿白虎朱雀分後
先日精月華相迴旋元氣氤氳幾百年億昔元朝亦繇裂爭
雄逐鹿俱豪傑一朝此地真龍飛蝘蜓鯨鯢徒濺血已聞帝
王自有真更說南陽多貴人戈矛貔虎三千士礪帶河山十

人臣江左金陵扶睢地漢家豐沛還湯沐復百萬開周文老獻
上門列戟圍凌虛羽埼千屯護玉魚鼠封數仞惟金栗御碑
突兀表勛勞百王無人敢樵牧流傳人葉到神孫學識尤明
直本根共驟丞嘗時不後清明寒食更澆酒貂襜中使門焚
香豕輔詞宮夜朔斗君不見驪山北邙盡蕪燕五陵佳氣空
墳湖壯哉茲陵從古無天長地久垂鴻圖(陶允嘉高中謁陵
殘漏模糊報五更衛寒垌外怯衣輕千條奔澗爭流急萬壑
哀濤送雨聲人影迢迢山犬吠炬光熠熠宿鴉鳴紫墀拜罷
歸途緩回首松楸十里平(國朝項樟舊陵詩)過舊陵南郭外一
徑遍中雷雨天成幻風沙夜聚空荒塚斂蔓草石馬卧幽
宮極目平原上
殘陽幾樹紅

十王四妃墓

鳳陽新書墓在府城西北二十五里粉團洲淮水南岸白塔灣王墳乃太祖以前築後有天下追封曰壽春王霍邱王安豐王蒙城王下蔡王六安王英山王來安王都梁王寶應王

壽春王妃劉氏霍邱王妃翟氏安豐王妃趙氏蒙城王妃田氏俱攢一處建塋域以便祀焉有小白塔一座在外直房內舊有殿廡門垣屢被淮水淹沒成化二十年命重建殿宇有華表石人石獸明史諸王傳熙祖二子長仁祖次壽春王王有四子長霍邱王次下蔡王次安豐王次蒙城王霍邱王一子寶應王安豐王四子六安王來安王都梁王英山王下蔡蒙城寶應六安皆先卒無後洪武元年追封二年定從祀禮坿享祖廟東西廡壽春霍邱安豐蒙城四王皆以王妃配食蒙城王妃田氏早寡有節行太祖甚重之十王四妃墓在鳳陽白塔祠官祭祀焉縣志十王四妃墓今惟周圍土城尚存

中間一冢卽十王四妃並攢一處者也西南一冢卽駙馬黃
琛墓石人石獸白塔無一存者

遼世子墓

鳳陽新書在縣東十里相傳世子朝南京道卒太祖命葬於
此

中山王徐達祖墓

鳳陽新書在縣西南二十餘里與賜第相連其翁仲石獸俱
未琢成在壙外

東甌王湯和祖墓

鳳陽新書在縣東北近城有華表翁仲石獸東甌王墓在縣

西北三十里曹山

武定侯郭英祖墓

鳳陽新書在縣西南城內有翁仲石獸并碑

東勝伯劉謙祖墓

鳳陽新書在劉謙賜第西南二里謙賜葬在小山連山之原
置饗堂於墓樹神道碑

梁國公趙德勝祖墓

鳳陽新書在縣西南五十里劉府集

六安侯王志祖墓

在縣西南二十里瞿相山下

尚書單安仁墓

在長淮衛西

尚書顧佐墓

在縣東南明嘉靖初賜葬佐祖濟甯侯墓在焦山西

尚書郁新墓

中都志在臨淮東古城永樂中賜葬

知府顏容暄墓

在獨山東明末知府殉難郡人爲立冢建祠國朝尹端明郡守顏容暄殉節詩趙公木常山流晚尹京兆域方其攬轡始妖氛楚豫逼中都豐鎬遼宮闕兩京陟千里廓王畿八屯拱宸極鬱鬱仁祖陵林林大倉食簪裹紈綺兒市偏虎賁職司禮出司香貂璫秉羅織猖狂白晝行豺狼雜鬼域是時俳太平繩河已傾直公

也處其間巖巖泰山色長老爲余言約略百之十億昔歲癸酉曾應童子試公下演武聽戈矛紮闖棘戎馬踏詩書哲人已先識甲戌公行春繁華培京國金吾夜不禁猶聞公大息乙亥上元朝正冠申淑慝弓鳴蝗蔽天萬馬衢巷塞儀仗未及移蟻賊已躪闕端坐叱賊降賊乃捽公踣躓踣復偃仰高皇呼益力賊怒燔公屍堦前六磚蝕陰雨形如生鬚眉儼新拭吾師竹虛公營葬朝陽側行人過墓旁欷歔弔英特史略彼何人謂公狂猖匿囚人故短公獻公快胸臆讀此未終行冠衝髮上立我生十六年目擊身可證公死天地昏公葬鬼神側不過董狐揚廼遺疎崔抑寄語京江公大書先寃墨

都司陳保山墓

在紅心赤欄橋北隆平寺旁明末禦寇戰死隆平寺上人因葬之 國朝乾隆三十三年里人復爲修墓立碑其上

附鳳陽義冢

一在城南老人橋一在城北元武窪一在城東九華山下一

在城西馬鞍山下一在廟山鋪東共三十畝乾隆十年監生朱讚孔捐施義塚地十五畝在老南門外

臨淮義塚

一在南岡上一在東古城一在雷家灣一在紅心

懷遠縣

當塗故城

在懷遠縣西南方輿紀要春秋地理考實並東南八里漢武帝征和二年封魏不害爲當塗侯國屬九江郡漢志注應劭曰禹所娶塗山侯國也有禹墟三國時縣廢晉太康元年復置成帝時淮南民多南渡江乃僑立當塗縣於江南而故縣廢爲馬頭城升平

三年豫州刺史謝萬遣劉達修治馬頭城水經注淮水自莫邪山東北逕馬頭城北魏馬頭郡治卽當塗故城也隋書志鍾離郡塗山後齊改曰馬頭置郡曰荆山開皇初郡廢改縣曰塗山唐書地理志鍾離武德七年省塗山縣入焉縣志馬頭故城在淮水濱舊以爲卽馬頭集非 國朝陳其年泊舟懷遠縣詩帆峭風狂攪客眠依稀蘆葦有炊烟家家屋角山如黛夜夜街頭浪拍天繫艇居民收荻課映籬商婦算茶錢莫矜蒸小饒風物別有孤城是菜田程在嵘懷遠詩遶郭溪分燕尾流垂陽細細拂行舟山腰樓閣人初起獨捲湘簾看雨收又黃雀彎前月似霜眞珠灘外水茫茫儂家家在淮西住今日開船向壽陽舟出淠河茶蓝香舟過渦水牡丹芳笑他姊妹全輸我盡販山自多故陽

平阿故城

在懷遠縣西南戰國時齊邑漢成帝河平二年封王譚爲平阿侯國屬沛郡後漢建武十二年更封耿阜爲平阿侯後爲縣屬九江郡晉屬淮南郡東晉後廢水經注淮水北合沙水淮西岸有平阿故城縣志有平阿集在縣西南六十里平阿山下俗譌爲平莪又攷魏志譙州高塘郡有平阿縣在今天長縣及高郵州界蓋南北朝僑置非故城也

龍亢故城

在懷遠縣西漢置龍亢縣屬沛郡元鼎五年封樛廣德爲侯邑後漢屬沛國晉改屬譙郡東晉後廢梁普通六年趙景悅拔魏龍亢城因置龍亢郡魏書地形志譙州有龍亢郡梁武置仍領龍亢縣武定六年置是也隋開皇初郡縣俱廢唐武德四年析夏邱縣地復置貞觀八年省水經注沙水自山桑東南過龍亢縣南縣志龍亢城在縣西北七十五里今爲龍亢集國朝程在嶸初夏舟過龍亢二首水窄岸無陂人居傍柳斜隴苗將刈麥畦緣寺耘瓜牧豎泯芳草村姑折野花春歸漫相惜鶯語尚遲遮細流丁安接密樹午風搖幽徑入何處小舟橫作橋趁墟人語亂近市犬聲驕薄酒沽來便蓬窗未寂寥

義成故城

在懷遠縣東北漢竟甯元年封甘延壽爲義成侯國屬沛郡後漢改屬九江郡晉屬淮南郡東晉後省魏書地形志復有義成縣屬仁州臨淮郡齊併入穀陽縣水經注沙水又東北

過義成縣西南入於淮義成世謂之楮城其城當渦水入淮處亦名渦口元和郡縣志貞元後濠州西渦口對岸置兩城縣志有拖城在縣東北十五里卽古渦口城亦卽義城縣矣明一統志在縣西北四十里誤

荆山故城

在懷遠縣北後魏延昌四年以梁堰淮水命楊大眼鎮荆山築城置戍梁普通五年北兗州刺史趙景悅圍魏荆山拔之隋書地理志塗山舊曰當塗後齊改曰馬頭置荆山郡開皇初廢元豐九域志蘄縣有荆山鎮寶祐五年賈似道奏以渦口上環荆山下連淮岸險安可據於此置懷遠軍兼置荆山

縣元改軍爲縣省荆山入焉舊通志荆山城在縣北三里亦謂之舊城

向城

在懷遠縣西四十里春秋隱二年莒人入向杜注向小國也譙國龍亢縣東南有向城春秋襄十四年會吳於向京相璠曰向楚地漢書地理志沛郡向故國春秋時莒人入向姜姓炎帝後水經注北肥水又東南至向縣故城南又縣北二十五里有團城舊說謂之向城非懷遠縣舊志云向地見春秋經傳者凡六隱二年莒人入向十一年王與鄭人蘇忿生之田向宣四年公伐莒取向僖二十六年公會莒子衛甯速盟

于向襄十一年傳諸侯會于北林師于向十四年會吳于向杜注於入向以爲在龍亢東南於與鄭之向云在軹縣西於取向盟向云莒邑於師向云在潁川長社縣東北於會向但云鄭地古今地志書著向地者漢書地理志沛郡向縣古向國續郡國志潁川長社縣有向鄉于欽齊乘沂州西南一百里有向城太平寰宇記莒縣西南有向城龍亢之向今懷遠地長社之向今開封府尉氏縣地莒縣沂州之向今莒州地軹縣之向今懷慶府濟源縣地詩皇甫作都于向即此杜氏沿漢志之說以莒人入向爲沛國之向恐非是春秋之莒即今莒州距今懷遠且千里蕞爾之莒豈能懸師遠入入國竊

以莒所入之向乃沂州之向莒入向而兼其地而魯復伐莒而取之後遂爲會盟所耳沛國之向乃會吳之向中國會吳皆就之于淮上如鍾離今鳳陽善道今盱眙皆是也當以京相璠之說爲正

考城

在懷遠縣南五十里本漢陳留郡屬縣江左僑置於此沈約宋志盱眙郡有考城縣蕭齊因之魏廢縣志今爲攷城鋪

邊軍城

在懷遠縣西八里宋末江淮安撫使夏貴所築

新城

在懷遠縣南五十里梁置馬頭郡大通元年刺史劉公茂築新城北齊改爲馬頭縣隋初廢

曲陽故城

在懷遠縣東南七十里漢書地理志九江郡曲陽侯國莽曰延平亭水經注淮水又右納洛川於西曲陽縣北洛水北逕西曲陽縣故城東王莽之延平亭也應劭曰縣在淮曲之陽下邳有曲陽故是加西也太平寰宇記定遠縣古曲陽城在縣西北九十五里秦爲曲陽縣王莽割入陰陵縣讀史方輿紀要定遠縣曲陽城在縣西北九十五里漢縣治此晉廢後魏復置屬北沛郡梁普通六年曹景宗拔魏曲陽水經注洛水經淮南曲陽故城蓋亦是時戍守處隋志梁置九江郡後齊廢郡爲曲陽縣後周又廢曲陽入定遠即此城矣懷遠縣志縣東南七十里龍頭壩之西濱洛水有廢城址洛水穿其中而行基址依約可辨東西幾十餘里即古曲陽也

廢零縣廢虞縣廢濟陽縣

在懷遠縣境宋書州郡志馬頭太守故淮南當塗縣地領縣三虞縣令零縣令濟陽縣令

廢已吾縣

南齊書州郡志馬頭郡領縣一已吾魏書地形志楚州沛郡領縣三已吾有塗山荆山乾隆府州廳縣志已吾廢縣在懷

遠縣北三十里名古城縣志按已吾有塗山荆山則其地在今縣治左右疑卽漢之平阿縣地在今縣南之孔岡者續漢志云平阿有塗山魏書志亦云已吾有荆山塗山是也許所望曰今孔岡有已吾澗俗譌爲咿唔澗

廢汴郡廢蕭縣

魏書地形志譙州汴郡領縣二蕭有平阿山江南通志廢汴郡在懷遠縣西南魏收志云譙州有汴郡梁武帝置縣志按蕭有平阿山其地當在今縣西南許所望言今黃河南劉家集東有古城埂長數里土人謂之慈鴉城距平阿山十餘里當是也

廢龍亢郡廢葛山縣

魏書地形志譙州龍亢郡蕭衍置魏因之領縣二葛山武定六年置龍亢武定六年置太平寰宇記蘄縣葛城戍在縣南九十里後魏葛山縣屬龍亢郡北齊天寶七年廢入龍亢縣隋開皇六年爲戍十六年廢懷遠縣志按縣西河溜集有葛山寺卽古葛城戍也其居民猶多葛姓距舊蘄縣九十里

馬邱聚

續郡國志當塗有馬邱聚徐鳳及於此太平寰宇記作馬邱城江南通志馬邱城在定遠縣西南二十五里卽漢志當塗縣之馬邱聚也一名藍柵城懷遠縣志馬邱聚亦曰馬邱城

蓋即馬頭郡所以立名當在今馬頭城附近故徐鳳據此以聚眾于塗山中以其爲扼要之地故其後遂置郡于此也通志謂在定遠縣西南二十五里殊誤

秦墟

在懷遠縣上窰水經注洛水經曲陽故城又北歷秦墟梁書曹世宗拔魏曲陽又拔秦墟江南通志秦墟蓋亦戍守處與曲陽相近懷遠舊志按北人謂市集爲墟今自故曲陽縣而北惟上窰爲走集處又居兩山間得控扼之勢故當時置戍於此後周顯德中李穀亦敗南唐兵於上窰也

禹墟

水經注禹墟在塗山西南又溪水引瀆注禹墟漢書地理志注應劭曰禹所娶塗山侯國也有禹墟懷遠舊志禹墟宋時謂之禹會村見東坡詩今禹村岡正當塗山南麓也宋蘇軾詩云川鎖支祁水尚渾地埋汪罔骨應存樵蘇已入黃熊廟烏鵲猶朝禹會村公自注塗山下有鯀廟山前有禹會村

茌眉戍

南齊書崔祖思傳軍主崔孝伯過淮攻拔茌眉戍殺戍主龍得侯及僞陽平太守郭杜秖館陶令張德濮陽令王明江南通志茌眉戍在懷遠縣西北魏書齊建元二年魏人攻鍾離徐州刺史崔文仲遣兵渡淮攻破其茌眉戍是也懷遠舊志魏書州郡楚州有北陽平郡領濮陽陽平二縣陽平僑郡當

即置于在眉戍楚州僑置于鍾離所領馬頭彭沛等郡多在縣境則在眉戍亦當在縣境矣通志以爲在縣西北當別有所本

白鹿城

水經注渠水篇沙水逕龍亢故城北又東南逕白鹿城北而東注懷遠縣舊志欠水自龍亢而東水之南岸惟劉家集有古城址當即白鹿城意爾時尚未置蕭縣耶

湄城

水經注淮水東逕梁城城臨側淮川川左有湄城淮水左迤爲湄湖懷遠縣舊志湄湖即湯漁湖古梁城之左正當湯漁

湖也今永平岡濱湖處遇水冲塌時有古城甎蓋即古湄城矣

柴王城

懷遠縣志崇甯寺東南有土壘周圍約四五里俗名柴王城蓋周顯德時南征屯兵處或云龍亢舊城非也今四面爲窮民叢葬處

團城

懷遠縣舊志云在縣北二十五里城在肥河南大僅可周一里城已隳河之北爲古城村亦有一古城城基向存皆當在北魏時渦陽十三城之內

卞和洞

在懷遠縣荆山東北麓（明張鶴鳴許少府邀飲卞和洞二首 鳧雲引我踏層霄因念前遊歲月遥金魄初生濯玉淵銀河直瀉碧溪橋石坪撣塵涼風發洞口移樽畫燭揺抱璞千年人去遠鳳皇池畔草蕭蕭帝啓祠邊落日低清秋棟宇白雲齊千家砧杵山爲郭十里桑麻水作隄絶磴作迴逢碧澗垂蘿忽盡見丹梯欲從翠靄看王氣淮北蒼茫草樹迷戴斌遊卞和洞荆山突兀亘淮西躡盡層巒託杖藜石險作疑山骨瘦雲沈翻覺嶺頭低連城白璧無雙産古洞青螺有舊題莫道卞和懷璧後池荒不復鳳皇棲）

定遠縣

東城故城

在定遠縣東南秦置縣二世二年陳勝將葛嬰至東城立襄彊爲楚王漢高帝五年項羽兵敗自陰陵引而東至東城有二十八騎文帝八年封淮南厲王子良爲侯邑地理志屬九江郡後漢屬下邳郡建康末陰陵人徐鳳反攻燒東城晉屬淮南國東晉後縣廢水經注池水出東城縣東北流逕東城縣故城南括地志東城故城在今縣東南五十里寰宇記梁天監三年土人蔡豐據東城自魏歸梁武帝嘉之改曰豐城立爲定遠郡又改爲廣安郡定遠縣隋開皇三年廢郡留縣大業十一年縣廢唐武德二年於廢廣安郡置定遠縣天寶四年移於今治（明王世貞過定遠問功臣遺跡有感甲第杳非故子城餘至今燒痕寒不泯沙色晝常陰無復風雲跡偶然天地心孝陵回首處紫氣一何深）

陰陵故城

在定遠縣西北故秦縣漢書項籍傳籍渡淮至陰陵迷失道地理志九江郡陰陵後漢爲九江郡治晉屬淮南郡東晉後縣廢水經注莫邪山南有陰陵縣故城濠水出陰陵縣之陽北亭括地志在濠州定遠縣西北六十五里縣志城周二里故址猶存（明葉志淑陰陵城詩）陰陵城北小村西舊說重瞳向此迷今日偶經爭戰地殘陽古木任雅棲

芰蒲城

在定遠縣西南亦名定遠廢城寰宇記在縣西南八十五里相傳梁魏交爭之日魏築爲壘在芰蒲塘下因塘得名梁普通七年胡龍牙掠芰蒲城即此

廢閭城

在定遠縣西北寰宇記在縣西北一百十五里相傳魏太武南侵時所築梁普通三年於此置西沛郡天寶二年廢

臨濠郡

在定遠縣梁置

古宛唐亭

在定遠縣西南宋書殷琰傳遣將劉順東據宛唐水經注閭水西北經死虖亭（黃回王敬則等傳作死虎亭）南夾橫塘西注齊永元二年蕭懿討裴叔業亦屯田於此

對池亭

在定遠縣西北七十里相傳宋趙倚所作池即槎枒寺白蓮

池

義臺

在定遠縣東二十里縣志五代時有梅氏居此宗族聚居鳴鼓會食南唐後主築臺表之

判虎臺

在定遠縣治相傳宋包拯爲令時有虎傷人拯移牒於神虎自赴縣繫於臺前石今臺石俱存

廢漆園

太平寰宇記在定遠縣東三十里其地東西南北約方三百步唐天寶年中尙有漆樹一二十株野大燔燒其樹在古縣

村西一百步郎楚國莊周爲吏之處今爲隴畝

鵲甫亭

在定遠縣太平寰宇記引水經注鵲甫溪水西北流經鵲甫亭南

禪窟寺

在定遠縣西北三峯山上（宋趙倚禪窟寺詩擇得開山地寂然安佛心兩軒青嶂合一榻白雲深夜講來寂虎晨齋喚野禽欲尋棲隱處只此是雙休（李山父詩遲日濃花午閒雲小隱天半巖春洞水鶴瓦繞林烟憇姚華顯客來方紫府仙倚窗山竹夜風溜響朱啟（明盛世培詩古木叢深處喧囂靜不聞看泉深漸合採藥路微分洞黑常疑雨山空只見雲平生迂野性猿鶴喜爲羣（國朝曹絅堪遊三峯山禪窟寺二首紺宇下蔵拱清幽六月涼道心方外靜仙路洞中長咒洞神龍出煉泉石蟄藏寺門依翠壁奇遠藥苗香曲磴恣幽尋秋蟬不斷吟亂山懸寺古高木抱叢森

歲月青精飾經幢紫竹林元豐題碣在磨滅蘚痕深又(三峯
拾椽行)亂峯紆迴起還伏幽寺無憐隱深谷老木撐空不見
人笱緣緣崖囘時竹道人來此聊結茅拾薪擔上如營巢丹
砂點漆俱藥種攀蘿示我黃精苗洞中日月無新故只見枯
藤纏古樹書籙能令蝴蝶潛棲眞或與神仙遇時捫怪石上
層巔御空遊行風颯然天寒雪深飢不死麻蹊拾橡空山裏
(凌靄遊禪窟用石壁宋人韻)義空留舊迹到此有遐心洞古
棲雲暗泉清映樹深偃依巖畔石閒聽竹間禽高隱豈無意
終慙支道林(程羽豐遊禪窟詩并引)曲陽西北三十里山水
深奇樹竹幽秀其中所謂蟾窟者即漢武帝時桃花寺也有
古洞二一在山陰邃叵測石乳垂若筍昔神僧義空伏二虎
處一在水一泓澄碧天影空涵泉眼迸流暗通黃牛谷產白
蟹瑩潔如玉蘇子瞻因以玉蟹名之石碣雖存借字爲風雨
所蝕東牟令築貯嵐亭於此猶翼然也有卧佛基仙人橋怪
石如梁俯瞰千仞過者驚魄黃牛谷在白蟒山下勢如盤渦
衆流匯地匯於谷門澎湃聲如雷鼓跳波飛瀑凛冽寒崖令
人毛髮俱竪寺門外兩峰峙立如獸則象王領獅子峰焉寺
僧大安屬予題之一逕迴城郭千山奔寺門飛泉懸峭壁流
水背孤村幽澗花爭豔深崖鳥聚喧峯奇獅子踞嶺矗象王
尊避地秦源似遺碑漢篆存翠陰交檜柏清晝迴乾坤洞古

蹤留虎松寒影掛猿金禪痤骨冷玉蟹曬波暄徐令亭多致
蘇公碣少痕振衣石磴立拾級薜蘿捫卧佛基啼鼯仙人橋
駕黿凌空摩日月式遶接崑崙白蟒山頭曉黃牛谷口昏氣
蒸雲液滴聲動海朝噴神鬼藏光怪蛟龍現吐吞急湍歸巨
壑險浸貯靈根人遠中都樹煙生下界墩林鐘沉雨閣龕火
隱風旛偈向高僧問文遲國十論素餐香積飰截酒曲江樽
秉鐸思高雅吹篪憶弟昆已迴人訪戴獨作客眠袁樹密蒼
鷹集堂虛紫燕翻茶堪蘇病骨香欲心詩魄逐懶惟期靜投
閑是去繁殷勤徐子榻寂靜給孤園淸梵消鄉夢齋身托澗
樊嘯歌情浩蕩起舞興飛騫選勝遊稱最云歸志勿諼(凌
森美遊禪窟寺步張司馬韻)禪也原無窟參禪傍窟居泉聲
迎耳細山色到窗虛官興逢僧減塵緣對佛疎淸談忘遠道
落日獨催予(又宿禪窟寺)傍晚來禪窟高眠半榻雲泉流聲
細細花落雨紛紛夜靜煙光冷心淸草木芬曉看山不厭一
笑復何云(又題壁二絕)雲卧泉飛老樹撐講堂花散法華聲
空門已信都無著惟有詩高贅得名桃花寺接象王山白髮
山僧老舊顏記得廿年猿鶴嘯塵纓從此破禪關(凌奎興遊
禪窟寺郎景詩)妙境何年劈巨靈眼前風景畫難形一泓碧
水開明鏡四面青山作畫屏路曲翠迷高下樹橋迴紅簇短
長亭數椽安得容留住野岸鶯聲仔細聽吳錞和王古堂禪

卽今壽州治本楚邑秦置縣史記楚攷烈王自陳徙都壽春名曰郢秦於此置縣漢五年劉賈南渡淮圍壽春十一年立子長爲淮南王都壽春元狩初爲九江郡治後漢屬九江郡晉屬淮南郡孝武時避諱改曰壽陽義熙十三年豫州刺史劉義慶鎮壽陽元熙元年劉裕自鎮壽陽宋爲豫州治所蕭齊永元二年豫州刺史裴叔業以壽陽降魏魏改置揚州仍改縣曰壽春梁普通七年淮堰水盛壽陽城幾沒乃遣夏侯亶等攻之壽陽降復以爲南豫州太清三年侯景將王顯貴以壽陽降東魏復曰揚州陳太建五年吳明徹伐齊克壽陽復曰豫州隋開皇八年將伐陳置淮南行省於壽陽平陳始改曰壽州五代周顯德二年伐南唐克壽州移州治下蔡壽春縣屬焉寰宇記壽春縣在州南二十五里有壽春故縣在縣西一里（唐李白送張遙之壽陽幕府詩壽陽泛天險天險橫荆關苻堅百萬衆遙阻八公山不假築長城大賢在其間戰夫若熊羆破敵有餘閒張子勇且英少輕衛霍孱投軀紫髯將千里望風顏聞爾勃才略成功衣錦還（皇甫冉使往壽州淮路寄劉長卿榛草荒涼村落空驅馳卒歲亦何功蒹葭曙色蒼蒼遠蟋蟀秋聲處處同鄉路遙知淮甸外故人多在楚雲東日夕烟霜那可道壽陽西去水無窮（劉禹錫寄楊八壽州）風獵紅旗入壽春滿城歌舞向朱輪八公山下清淮水千騎城中白面人桂嶺雨餘多鶴跡茗園晴望似龍鱗聖朝方用敢言者次第應須舊諫臣（宋林逋壽陽城晚眺）楚山重疊礙淮濆堪與王維立畫勛白鳥一行天在水綠蕪千陣野平雲孤崖佛國晴先見極浦漁舟晚未分吟罷騷然略回首櫟陽詩社久離羣（蘇軾壽陽岸下詩）街東街西翠幄成池南池北綠錢生幽人獨來帶殘酒偶聽黃鸝第一聲（又出潁口見淮山是日至壽春詩）我行日夜向江海楓葉蘆花秋興長平淮忽迷天遠近青山久與船低昂壽州已見白

在塔短棹未轉黃茅岡波平風軟望不到故人久立墮蒼茫
求子美壽陽間望有感維舟亭下偶登臨下蔡風流古至今
亞嶺抱淮隨曲折亂雲行野乍晴陰幽人憔悴搔白首啼鳥
哀鳴思故林觸處窮途何足慟直同天地入悲吟（張文潛將
至壽州初見淮山二首）浩蕩平波欲接天天光波色遠相連
風鳴兩槳初離浦岸轉青山忽對船澤國秋高添氣象人家
南去好寒煙步兵何必江東走自有鱸魚不值錢晚繫孤舟
古岸隈蒹葭風定渚鷗回山間野色蒼茫去月向淮心晃盪
來秋色解將愁並至年華偏與客相催青衫手版徒勞爾富
貴功名安在哉（又題壽陽樓二絕）渺渺長淮去不休行人獨
上壽陽樓一闋長歌不須唱山川都是舊時愁長淮不斷水
悠悠樓下行人淮上樓誰謂滿前風景好古今供作別離愁
（明汪廣洋過壽陽望八公山有感）八公草木曉離離遙見林
巒隔水湄老氣逼雲含霧靄空青拔地鎮淮夷謝元歸奏平
戎日王猛徒勞料敵時淝水不關興廢事夕陽西下浪聲遲
（徐幼文壽春紀行）舟行夜遲曙路入硤石口平山帶孤城一
塔起高阜問知古壽春地經百戰後鞏孽常倡亂受禍此爲
首彼時土產民十無一二有田野滿蒿萊無復識畎畝去程
不敢稽欲望敢遲久（國朝周光鄰出城口占）壽春城外郭茲
日又征驂去鳥影疑落到山青欲無身緣行路暇詩爲宦情
枯烟水一鞭淼夕陽紅半湖（黃景仁壽陽懷古）鐘鳴鼎食是
何年玉几金牀未肯眠輕薄江淮多子弟有無雞犬亦神仙
祕函已驗更生獄叢桂空攀正則篇終古八公雲外立留將
何術鑄桑田華門俠氣有聲稱鼠竊俄誇土運乘則上蛾眉
餘涕淚帳前獅子早飛騰眼看河北同灰滅手裂淮南作社
憑詎料當塗是貞敵懦牀悲叱竟何能紫穀香囊白練裙翩
翩儒將掃邊氛重名不惜燒船火奇陣何如背水軍亡國魚
羊應共喜戰場風鶴尚難聞穩教了得東山局可使兒曹破
敵勛懸瓠重鎮嘯鵂鶹棄甲宵奔此渡頭揭豎竟教登玉座
儂家從此缺金甌北山南岸嗟何及白馬青絲唱亦愁借問
當時誰揖盜悔令韋黯作監州（又壽陽一首）花草何須怨楚
宮六朝殘劫總成空地經白馬青絲後山在風聲鶴唳中終
古英靈走河北此間形勢障江東我來只訪劉安宅一片斜
陽古廟紅（孫蟠十五里橋望壽陽城郭）策蹇中途夕照殘山
城覊物耐人看亦知風景原如舊久客初歸似改觀（鄧宗源
壽春懷古）儘着雄圖占壽春青蒼贏得翠螺新鶴聲此日留
清韻鴻寶當年笑古人斷續樵歌深逕出差參麥浪晚風勻
干戈彈指多遺憾故壘蕭蕭化劫塵襟帶淮淝半壁流圍城
烟火萬家稠浮圖自昔撐空碧峽石居然據上游應有珠輝
明月夜那無龍戲晚潮秋長河鑄鐵渾無賴一種忘機付野

國李玉書壽春道作干戈擾攘幾春秋昔日亭臺半土邱繞青山仍不改鄰淮白骨未全收傾觴夜哭多新鬼賣酒山村剩舊樓風景依稀今似昨煙塵彌望使人愁連年兵革遍神州滿目山川恨未收幾度漏殘危虎口一時都尉笑羊頭王孫失路空垂釣千里窮途徇飯牛攬轡澄清應有志書生何地覓封侯

廢西壽春縣

太平寰宇記在壽春縣西四十里壽春記云秦始皇二十三年置北臨淮水西壽春中有楚王祭壇水經注云淮水經倉陵北又東北流經壽春故城西

相國城金城

輿地記壽陽城中有二城一曰相國城宋武帝伐長安時築水經注芍陂瀆北流入壽春城中又北逕相國城東一曰金

城壽陽中城也陳書吳明徹攻齊齊兵退據相國城及金城即此壽州志相國城晉相國劉裕築金城一名小城又曰子城其西門有逍遙樓

諸葛誕城

太平寰宇記在壽春縣東一里魏甘露二年誕攻揚州刺史樂綝殺之乃與文欽叛保據此城大將軍司馬文王討平之初議者多欲急攻之大將軍以爲城固而衆攻之力屈若有外寇表裏受敵此危道也今三叛相聚於孤城之中天其或使同受戮也吾當以全策縻之可坐而制也誕以五年二月破滅六軍按甲深溝而誕自困竟不攻而克

羅城

州志即壽春外郭一曰南城杜佑馬端臨俱以爲楚攷烈王築

壽春西南小城

太平寰宇記楚相春申君黄歇所居

六國故城

杜佑通典安豐春秋時六國昔皐陶所封葬於此有漢六安國故城水經注淠水又西逕六安縣故城西

安豐故城

在壽州南漢安豐縣在今河南固始縣界東晉始僑置於此

隋志梁置陳留安豐二郡開皇初郡並廢以縣屬淮南郡唐屬壽州水經注淠水西北逕安豐縣故城西寰宇記縣在壽州南八十里國朝方仙根安豐晚眺西嶠憑弔處極目寂寥中瘦犢依衰草寒鴉繞晚楓鐘鳴荒寺遠礫散古城空讀罷殘碑去橫塘月正東

廢安城

太平寰宇記在壽春縣南四里隋開皇十六年於白雀驛置以近城故名焉安徽通志宋紹興十二年升爲安豐軍三十二年改軍爲壽春府乾道三年移安豐軍於壽春縣以安豐縣屬焉元屬安豐路明初省入今爲安豐鄉故城在州西南六十里西去霍邱縣九十里

劉關二城

在壽州正陽鎮與潁州接界相傳先主與關壯繆分城屯軍處安徽通志云元史至正九年董文炳亦築城於正陽以遏宋兵

義昌城

在壽州西南永初郡國志云安豐有義昌縣晉末嘗立郡

荻城

在壽州南亦名荻邱城梁普通五年裴邃自合肥拔魏狄城本傳作狄邱城魏書李神傳爲陳留太守領狄邱戍主水經注肥水經狄邱東又會施水枝津又北至成德是也

甓城

壽州志在州南梁書普通五年裴邃拔荻城又拔甓城讀史方輿記要荻城甓城蓋是時合肥壽陽沿邊戍守處

黃城

在壽州西梁置黃城戍尋置潁川郡於此寰宇記晉義熙十二年置小黃縣在安豐西北三十里或即黃城也又西有郭默城相傳晉咸和中郭默屯此陳太建五年吳明徹攻壽陽別將克黃城郭默城是二城相近也

蒼陵城

在壽州西陳書宣帝紀太建五年齊遣兵援蒼陵魏書地形志壽春縣有蒼陵城水經注淮水自潁口左又東南經蒼陵

北是也

魚林城

在壽州南安豐塘側鴛鴦門又關雞城在州西南三十里又西城在州北元將董文炳築

鄀陸城

讀史方輿紀要鄀陸城在故安豐縣南漢傳鄉縣元帝封六安繆王子交爲侯邑屬九江郡後漢省魏諸葛誕據壽春吳朱異率諸將赴救吳留輜重于鄀陸卽此

來遠鎮

元豐九域志安豐縣有來遠鎮周顯德二年李穀攻唐壽州

不克唐將劉彥貞引兵救之至來遠鎮是也胡三省通鑑注來遠鎮卽東正陽

木場鎮

壽州志在故安豐縣見蘇軾乞賑淮浙流民狀

雞備亭

春秋昭公二十三年吳敗頓胡沈蔡陳許之師於雞父杜預注安豐南有雞備亭

黎漿亭

壽州志在州治東南吳志吳救諸葛誕於壽春進屯黎漿梁普通五年裴邃進屯黎漿七年梁主以淮堰水盛壽陽城幾

沒復遣郢州刺史元樹等自北道攻黎漿

死虎壘

壽州志在州治東四十餘里有四壘宋書劉順等東據宛唐築四壘通典曰宛唐死虎之譌水經注肥水北逕死虎塘又西逕死虎亭齊永元二年裴叔業以壽陽降魏蕭懿討之遣裨將胡松等率衆克死虎卽此地

偃月壘

壽州志三國吳朱異所築

黃口灘

宋史甯宗嘉定十一年十一月壬申金人攻安豐軍之黃口灘

黃耆砦

宋史何拱傳拱與李重進合攻壽春城敗淮南軍二千於黃耆砦

陽石

壽州志今正陽鎭魏書任城正雲傳東關縱水陽石合肥有急懸之切

長瀨津

水經注肥水北逕壽春縣故城東爲長瀨津壽州志今名東津渡在州治東五里

金梭堆

天下名勝志引太平寰宇記云八公山有淮南王廟圖安及八士像有齊永明所建碑云與八公埋金其上一名金梭堆在州東十里雨後輒見金按今太平寰宇記無此文

長邏門

長邏門

南齊書劉懷珍傳劉勔既破劉順懷珍等乘勝逐北頓壽春

門溪

隋書地理志壽春縣有八公山門溪

五門亭神迹亭白芍亭

水經注斷神水又東北逕五門亭又東北逕神迹亭又東北逕白芍亭按斷神水在芍陂之上

東臺

水經注云臺即壽春外郭東北隅阿之榭東側有一湖三春九夏紅荷覆水引瀆成障水積成潭謂之東臺湖

春申臺

天下名勝志在壽州城內東北隅遺址猶存　大清一統志春申臺在壽州城東北隅相傳黃歇所築唐孫逖春申君詩薄俗何必議感恩謟容卑跡賴君門春申還道三千客寂寞無八殺李園國朝明作哲春申臺懷古詩築得高臺氣象雄登臨雙目極雲中客傾朱履三千盛勢壓秦關百二雄雨際遙分山色翠晚來猶帶夕陽紅英風霸業皆陳迹遺址依然聳碧空

鬬雞臺

天下名勝志鬬雞臺在州東北十里鬬雞臺鋪相傳楚王嘗鬬雞於此輿地紀勝有二金雞鬬於此遠近皆見

孫叔敖墓

魏書永昌王仁破尉武戍進攻壽陽屯兵於孫叔敖墓

留犢池

在州城內西南隅水經注漢時苗來令壽春駕一牸牛後生犢一及去任曰此淮南所產也留之父老因鑿池名曰留犢

明知州趙宗重濬種蓮池中有夾葉先花之異（明王九思留犢池詩 壽春縣令祠前水自古相傳飲犢池舊見瑞蓮開上下況聞修竹映參差邇年無吏供蘋藻今日何人種藕絲若把甘棠輕剪伐丈夫空讀召南詩（張蕙留犢池 來官不異去官時飲犢於今尚有池喜我短轅徐齒健讓他一笛晚風吹賣刀有鈞誰馴爾求牧無芻且聽之湛湛尺波眞惠澤底須重勒萬山碑（國朝俞成留犢池詩 廉吏曾聞眾口譽遠留遺迹建安初別來一水間新犢歸去全家載笨車朱邑祠堂猶宛在魏舒俸祿本無餘我來池畔重瞻望尚有清風動碧虛（汪喬年留犢池行 留犢池中池水清留犢池上多遊人來看池水開生面問人也踏水邊春池水澄澄橫練匹五五三三人不一父老傳言較史詳指點池邊說當日官亭野首跪攀轅使君慰勞似春溫心亦欲留留不得好須勉力事新恩夜休日作力當努雨鋤雲耕原勞若更須租稅早完公自不致來吏打戶數年自懈費官糈未必家家食有餘幼好鋤雲終不改小生修潔未曾除被囊角舊車存穀來牛齒長新牛犢老牛猶堪御破車新犢不須隨轉軸此亦記年當建安至今池水照人寒風流令人深景仰後先往往多清官我聞其言發長慨即昔所云其遺愛誰手攜去轉手空黃犢留來今日在

孝感泉

在州南隱賢鎮唐孝子李興廬墓醴泉湧出遂名（國朝方仙根孝感泉

詩蒼茫平野出蒙泉千古芳名仰格天感慕至情無限意遲
洞遺跡有餘憐紫芝覆墓映霜草碧凋遶薦起晚煙純孝自
知苗愛日莫徒
徵應挹前賢

讀書臺

作州南隱賢鎮唐董召南讀書處遺址猶存（唐韓愈送董召南序燕趙古稱多感慨悲歌之士董生舉進士連不得志於有司懷抱利器鬱鬱適茲土吾知其必有合也董生勉乎哉夫以子之不遇時苟慕義彊仁者皆愛惜焉矧燕趙之士出乎其性者哉然吾嘗聞風俗與化移易吾惡知其今不異於古所云邪聊以吾子之行卜之也董生勉乎哉吾因之有感矣爲我弔望諸君之墓而觀於其市復有昔時屠狗者乎爲我謝曰明天子在上可以出而仕矣（又嗟哉董生行淮水出桐柏山東馳遙遙千里不能休淝水出其側不能千里百里入淮流壽州屬縣有安豐唐貞元年時縣人董生召南隱居行義於其中刺史不能薦天子不聞名聲爵祿不及門門外惟有吏日來徵租更索錢嗟哉董生朝出耕夜歸讀古人書盡日不得息或山而樵或水而漁入廚供甘旨上堂問起居父母不慼慼妻子不咨咨嗟哉董生孝且慈人不識惟有天翁知生祥下瑞無時期家有狗乳出求食雞來哺其兒啄啄庭中拾蟲蟻哺之不食鳴聲悲徬徨躑躅久不去以翼來覆待狗歸嗟哉董生誰將與儔時之人夫妻相虐兄弟爲讐食君之祿而令父母愁亦獨何心嗟哉董生誰將與儔（明趙烱然遊董生讀書臺四首豔雞喔喔兮茆檐之下攬衣裳兮薄言興者上堂問兮起居請暇將黃犢兮適於中野朝曦晃漾兮翻鋸波催耕喈喈兮戲新禾慷慨扶犁兮發浩歌豚肩屬望兮成稼多成稼不多兮供饘粥之如何右題嗟哉董生朝出耕躡夕陽兮平沙喧叢樾兮昏鴉罷歸去兮邀殘霞倚閭歔欷兮餔殖加讌談甫定兮桂月斜篝燈別室兮嘶其歎矣璘璘細訣兮惟經伊史前讀示我兮孝慈而已咿唔中夜兮彷徨起而望諸兮觀其市天子聖明兮可以出而仕矣右題夜讀古人書炊廖不可以爲常樵蘇致足憂高堂負薪之士能文章嘯指卌呼來不遑父聲啄啄兮崇岡東擔蕭蕭兮夕陽鴉犬候兮門之傍妻執爨兮兒牽裳盥宰樓兮烟翾翔盤飧具兮將肴忙西山千載兮草木黃我歌域璘兮懷盛王右題或山而樵清澤兮隔淝網有滸兮釣有磯春烟兮秋雨纓弱蓑兮裏蓑跨淺渚兮深潯鼉不鼓兮蛟不吟鱣鯉爭先兮投孝子歸來香秫新提灑兩親小醉兮私心喜飽鮮嘗以延甘旨犬聲如

豹[illegible][illegible][illegible]安豐縣史催租錢有道孝水所通國家寄芭曾書臺數古二首聞道城南芍水隈當年董子讀書臺花明小市沼遺址烟迷空林認故臺階下草痕依舊綠窗前嘉樹已門長灰於今餘韵欣如昨茅屋書聲隱隱來悲歌燕趙縱多才誰昔黃金買駿臺水釣山樵甘小隱蠅頭蝸角等殘灰林風尚帶書聲至遊展時攜鶴伴來試問同儕誠莫與憑闌長嘯興徘徊（方時寶登董召南讀書臺有懷）我亦淮干人驅車郡南鄙昔賢隱于茲南面百城疑寂寞千載餘一怀終未圯行人指點疑書聲恍在耳當代斗山高生也勤仰止而爲燕趙遊不忘悲歌士數語相提撕教誨籍湜比竭來返南轅躬耕樂昔史功名成渦角身世悔壯趾令聞直到今青雲蔭桑梓

廢浚儀縣

寰宇記在壽春縣東北二百五十步芍陂塘下

廢雍邱縣

寰宇記在壽春縣南六十里

春申君墓

壽州志在城內東北隅云縣東隗家店西大阜有黃歇冢或是也

鳳臺縣

下蔡故城

今縣治本春秋時州來邑左傳成公七年吳伐楚入州來哀公二年蔡昭侯自新蔡遷於州來謂之下蔡漢書地理志沛郡下蔡故州來國爲楚所滅後吳取之是也後漢屬九江郡晉屬淮南郡劉宋時廢南齊建元三年垣崇祖在壽陽恐魏人後寇淮北乃徙下蔡戍於淮東梁大通中魏亂梁得下蔡

改置汴州及汴郡北齊郡廢隋爲下蔡縣屬汝陰郡唐武德四年改置渦州八年州廢復下蔡之額屬潁州五代周顯德四年徙壽州治下蔡自後常爲州治元至元末廢入州水經注淮水自硤石北逕下蔡故城東淮之東岸又有一城即下蔡新城二城對據翼帶淮瀆寰宇記與地廣記俱云梁大同中於硤石山築城以拒東魏即今縣城方輿紀要引杜祐曰梁於硤石築城以拒魏即下蔡新城李兆洛鳳臺志云梁所築乃硤石城非下蔡城自下蔡望硤石正在西南何云東岸乎諸書未得之目驗耳蓋下蔡城淮水東岸者是也又煉城在下蔡西北花苑城在下蔡東南五里（唐李中登下蔡縣樓長淮咽水又含秋吏散時

獨上樓信斷蘭臺鄉國遠依稀王粲在荆州（又下蔡春偶作）旅館飄飄類斷蓬悠悠心緒有誰同一宵風雨花飛後萬里鄉關夢自通多難不堪容髮改沃愁惟怕酒杯空採蘭扇枕何時遂洗慮焚香叩上穹（又已未歲冬捧喧頭離下蔡詔下如春煦巢南志不違空將感恩淚滴向冒寒衣覆載元容善形骸果得歸無心慚季路負米覲親闈（又下蔡春暮旅懷柳過春霖絮亂飛旅中懷抱獨棲棲月生淮上雲初散家在江南夢去迷髮白每慚淸鑑啟心孤長怯子規啼拜恩爲養慈親急願向明朝捧紫泥（宋歐陽修行次壽春下蔡寄內）紫金山下水長流嘗記當年此共遊今夜東風吹客夢淸淮明月照孤舟（金王寂初到下蔡已有春意）向辭北闕猶飛雪及到南州便得春知有勝游供勝具況宜閒處著閒身江湖且作驅魚主天地能容蟣虱臣兀坐靜思心語口此來無愧汝陽人（國朝元縹鳳臺襍吟）由來江北少蠶桑隙地多排菜甲黃婦女也知勤力作攜鋤辛苦勝提筐睚眦不報又何妨難化頑愚盡善良豈是長官慈大甚北方風雨本來剛片語何由折衆詞紛紛雀鼠到階墀訟庭花落簾垂地羡殺山陰顯愷之孝廉船載一人行誰與渦探杏蕊馨畢竟靑雲宜努力莫言人傑地無靈處處歡聞鼓腹歌民無夭札是天和笑他九月鄉風盛簫管聲中祀華佗憑弔州來蹟渺茫當年冠佩

光翳翳風流萬古吳公子不見芝階明夕陽一篙春水酒船
輕風石潭邊柳色妍簑笠過橋沽酒去野鷗飛上釣魚船
日秀石樹槎枒潤水環村號翟家不是勞農逢父母何由
見古梨花氣壓車馬返城隈簿領紛紛手自裁片刻消閒聊
獨坐八公山色入窗來(周光鄴晚抵下蔡宿孫氏別業)策馬
平岡突石門八公山外野烟昏春帆雲泊長淮水夜水星出
下蔡村殘爲民情傷雀鼠從知農事重雞豚主人愛客先留
樹人語深宵月滿軒(鄭宗源歸渡下蔡)不盡高山流水清棹
歌且趁暮潮平幾多烟樹擁蕭寺亦有魚蓑曬晚晴硤石一
峯迴雁斷長淮終古送舟行輕帆小泊寒厓畔買酒同誰醉
月明(劉允謙宿下蔡普濟庵贈思修了意上人)小刹憑虛矗
尺臺長淮一片妙明開龕臨曠野收雲入錫挂空山帶雨來
航可渡人前有岸花常落地淨無埃嵐封苔我芒鞋到媿以
社塵破綠苔亂峯堆裏結雲窩一缽含煙挂薜蘿樹定始知
風已靜月空翻覺影爲多孤燈火漁遙明照半偈山鳥每互
歌最是倚闌同話久夢魂清夜竟如何岳端十下蔡渡路古
通衆去津平遮道郵何年開硤石此日鎖淮流月影山尖落
鐘聲水上樓行旌無曉暮自有濟人舟王岵登城眺望襟清
淮淝雨派流繞城煙火萬家稠浮圖柱勁撐虛落硤石峯高
據上游應有珠輝明月夜那無龍戲晚潮秋樓頭歌響溯何

婁野外西風起白鷗(李玉書九日泛舟歸下蔡)淮水自天迢
小舟登臨遙阻客心愁詩情昔爲黃花減酒興猶如落葉稀
孤雁低飛湖上雨片帆高挂鏡中秋鳴榔恰遇西風便早達
龍潭古渡頭(又冬日由壽唐關歸下蔡)慼咏雄關高聳壁中
堆花半平臨眼界開百道河流爭硤石千年城郭認州來舟
從曲處帆初轉山到窮時勢欲回無限清談何處寄老漁曬
網石潭隈(又壽明山行歸下蔡)東風披拂百花薰向晚[illegible]
隔樹聞曲逕迴旋隨石轉流泉活潑向田分綠楊斜挿[illegible]前
雨黃犢開耕隴上雲酒賣清明行客少山村都杏落繽紛(李
景蓮新秋月夜壽陽泛舟歸下蔡落日露氣清乘舟泛輕月
水底懸佛塔波心漾城闕同舟二五人對酌逸興發高談[illegible]
平生搔首憐白髮年來目力微安能事劍關感此徒太息[illegible]
飲壺觴竭倚醉啟蓬窗夜景尤清絕山遠勢低昂林疎影[illegible]
沒風微浪不生漁燈時明滅詩成不敢吟恐有蛟龍穴[illegible]
暮已過雙峯望中凸風利勢貞停回首硤石城煙樹[illegible]
市語音(又)歎李伯梅花茆城四面溪山在十分[illegible]空人實
流水外樵客白雲中嶺秀煙光翠花
明澗口紅惟餘春谷鳥猶自度香風

硤石城

在縣西南五里硤石山上名勝志引郡國志云硤石山兩岸相對淮水經其中圖經荊塗二山相爲一脉禹鑿爲二以通淮流水經注淮水過壽春北右合肥水又北逕山硤中謂之硤石對岸山上結二城以防津要三國志魏甘露元年諸葛誕據壽春司馬昭遣王景軍硤石以逼之梁大同中於硤石山築城以拒東魏通釋硤石以淮水中流分界在西岸者爲西硤石屬下蔡在東岸者屬壽春按今硤石山左右有四城址一在東硤石頂舊址滅沒逕一里餘一在西硤石頂俗名城子山即水經所謂對結二城是也一在禹王山山腰即梁大通中所築以拒東魏者一在長山北麓即梁趙祖悅所築

外城四城相距不及五里又兩淋城在硤石西南五里相傳行軍時雨中築故名

青岡城

在縣西十三里西肥河側晉謝元禦秦師時築寰宇記青岡高一百步晉謝元敗符堅於青岡死者如麻即此

梁城

在縣東南梁書呂僧珍傳天監五年命僧珍率羽林勁勇出梁城方輿紀要梁城灘蓋北齊及梁控扼之地在淮水中又東二十里至洛河口水經注淮水又東逕梁城縣志城遺址淮水蕩沒今無攷

馬頭戍城

在縣南十二里淮濱戍守處魏書地形志梁郡蒙縣有馬頭城梁天監五年取魏合肥魏人守壽陽於馬頭置戍普通五年裴邃攻壽陽安城克之魏馬頭來降梁亦置戍於此或謂卽馬頭郡誤又馬頭城東南有白捺城又南有歐陽城皆梁魏邊戍之地

魏昌城

在壽州北魏書李崇傳延昌初梁作淮堰揚州水漲刺史李崇乃於八公山之東南更起一城以備大水州人號曰魏昌城寰宇記有石城在縣北四里李崇以功封魏昌伯故州人以名城

小肥陵城

地理通釋八公山一名肥陵山下有小肥陵縣括地志肥陵故縣在壽州安豐縣東六十里唐書地理志安豐武德七年省肥陵縣入焉舊址今無攷

蛇城

水經注椒水逕蛇城南又歷其城東按蛇城在縣西南四十里焦岡湖西北焦岡湖卽古椒水蛇城遺址尙存水仍逕蛇城南歷其城東

元康城

水經注肥水逕元康城西北流按城不知何由得名晉書武帝紀元康四年壽春水出山崩地陷壞城府或是時所營其地在八公山肥水曲處

薛家集古城

在縣西北薛家集西南城址存者高二三尺廣一二三丈周七里餘鳳臺志云當亦南北朝時屯兵處

留輔城

距下蔡故城二里縣志問勢論當爲下蔡兩城後障不知何代建城遺址尙存東南數十丈

湄城

水經注淮水又東逕梁城臨側淮川之左有湄城鳳臺志湄城今無攷

木城

鳳臺志在雙橋集東北三里有臺曰五子臺高四丈基逕二百餘丈環臺有濠廣二百餘步深三尺相傳濠外濠內有古木城係戍兵之所臺上有寺寺內有明成化十七年鐘載壽州下蔡西鄉木城村五子臺今并木城村之名而無之矣

州黎邱

爾雅淮南有州黎邱郭璞注今在壽春縣郭晉涵正義州黎即州來古來黎音同劉台拱云鹽鐵論孔子能方不能圓故

饑於黎邱哀公二年蔡遷於州來四年孔子自陳適蔡三歲
吳伐陳楚救陳軍於城父使人聘孔子於是絕糧於陳蔡之
間鹽鐵論所謂黎邱蓋即州來之邱也

趙步

在縣東南五代周顯德四年世宗自將略淮南自下蔡軍於
趙步大破唐兵於紫金山餘衆沿淮東走周主自趙步將騎
兵數百循北岸追之胡三省通鑑注趙步南直紫金山下象
之曰在淮北岸水濱泊舟之地以趙氏居此得名

小史埭

在故壽春縣城外肥水上齊建元二年垣崇祖決小史埭以

退魏師即此

肥水堰

在故壽春城西北三里梁書垣崇祖傳齊建元二年魏寇壽
春崇祖於城西北立堰塞肥水以禦之北齊書王琳傳吳明
徹圍壽陽堰肥水灌城拔吳明徹堰疑即垣崇祖所築處

下蔡浮橋

在縣城南門外通鑑周顯德三年命諸軍自壽州徙正陽浮
橋於下蔡鎮舊縣志云堰壩橋在壽州城北三十里即古下
蔡浮橋處

蘇村闞疃二鎮

元豐九域志下蔡有蘇村闞疃二鎮今尚仍舊名

戍家里

唐河東薛公墓銘葬下蔡縣淮陽鄉戍家里今其地無攷

花靨鎮

在縣南名勝志引繫年錄云紹興二年廬壽鎮撫使王亨收復安豐軍之花靨鎮復因爲榷場盡戍守要地俗傳以壽陽公主得名

尉武亭

在縣南宋書劉康祖傳元嘉二十七年康祖率軍出許洛會元謩等敗上恐魏兵至壽陽召康祖反康祖回軍未及壽陽

數十里魏永昌王庫仁眞以長安之衆八萬騎與康祖相及於尉武康祖戰死即此

曲水堂

水經注肥水逕元康城西北流北出水際有曲水堂亦嬉遊所集也

謝堂北亭

水經注長瀨津側有謝堂北亭迎送之所水陸舟車是焉萃止

陽淵

壽州志當在安豐縣北三國志吳書孫琳傳朱異帥三萬八

屯安豐城爲文欽聲援魏兗州刺史州泰拒異於陽淵

白塔

在白塔山山巔有白石塔爲下蔡故城內學宮文峯山之東

爲廟山上有白塔寺皆北宋時建

龍潭

在下蔡東宋蘇軾有壽春李定卿出餞城東龍潭詩拨宋時

壽春治下蔡即今縣城東黑龍潭是也潭深數十丈禱雨者

汲其泉旁有大洞容百餘人水漲則沒(宋蘇軾詩山鴉噪處古靈湫亂沫浮涎遶

客舟未暇然犀照奇鬼欲將燒燕出潛虯使君惜別催歌管

村巷驚呼聚獼猴此地他年頌遺愛觀魚並記老莊周(國朝

金式彥黑龍潭詩過靈潭潭危巖下雲氣時吞吐中有蟄龍蟠

今待喚雨(張塘桂黑龍潭晚眺)新雨初晴暑氣收無邊風月

近淮樓山銜落日餘哀草樹集寒蟬噪晚秋去住心如天外

鶴浮沉身似浪中鷗誰家浣女無知識砧杵聲聲動客愁(

無名氏)嵯峨怪石跨州來百折雄波到此迴兩岸無風常作

浪重淵不雨亦鳴雷舟因市晚人爭渡網爲潭深棹亂開一

壺一峯藏古寺白雲低鎖誦經臺(李玉書龍潭晚泊登壽

逵千里淮流晝夜奔石潭僻鐙如濤鬆幾多樹色青圍寺無

數山光綠到門風送客帆趨淺石雨過涵浮

挂煙村登臨未盡尋幽興疏磬敲殘暮靄昏

茅仙洞

在縣西南十里三峯山中峯一洞門高一丈內闊五尺深四

丈可拾級登東峯一洞門高五尺中闊二尺餘深五丈有僧

建寺洞旁供三茅君名勝志硤石山有茅仙洞相傳茅君寓

此蓋三峯之西即東硤石也(明夏之鳳遊茅仙洞飲山亭上

寺倚雲平登臨四望晴龍[illegible]

口印舟掠彈丸城霞晚添楓色歌清襍磬聲醉時吏隔轉銀

漢玉蟬明危閣俯眉眉招攜喜共登開懷若爲酒逢話豈困

偕雲路鵬彭羨僊舟御李賓醉來更漏轉不覺月華升（袁芳
瑛）茅仙洞偕房迴釀酒迎風古洞邊崚嶒直上翠微巔偕房煙
鎖白雲裏山谷嵐封碧水前遙望晴湖迷遠近亡看修郭繞
方圓忽聞清磬塵氛掃漫理空王學醉禪（李應雨中同雨河
登茅仙洞青巖涵雨洞紺宇入煙雲磴裊芙蓉級濤鳴翡翠
紋空香風外遊仙磬樹中聞漂泊天尋感清尊此共君（國朝
謝開寵遊茅仙洞塵緣無路訪丹邱仙去空餘洞壑幽松偏
雲封懸薜影石門春漲擁淮流望巖乍睹千尋壁避暑常耽
五月秋屐齒徒存頭漸白何時重繼謝公遊（陳邦簡遊茅仙
洞辦取芒鞋踏遠山山高逕曲水灣環探幽好句逢僧得破
夢新詩滿洞間野草野花無定格間雲間月可舒顏清緣到
此流連甚忘却城西策杖還（劉長源同人登茅仙山穿石梯
松路眾芳翹高偎險入仙堂巖巖有瀑晴疑雨古洞無風暑
亦涼閒看水雲僧自在浪遊沙島鳥迴翔平湖一望天南小
極目煙林樹萬行（吳敬昆三茅古迴茅君鍊骨駐長年不死
丹成去此巔今日山空雲自老昔人羽化鶴無還殘碑幾字
苔痕合古路千盤石徑奔剩有桃花環碧嶂當時何必武陵
傳（李沐茅仙洞為訪茅仙蹟梯雲入翠微洞深石乳潤壁峭
野苔肥瀑布飛晴雪煙光帶夕暉歸來山鳥亂暝色欲侵衣
（又謝均育詩仙人何處所鶴駕白雲中古洞苔猶綠丹爐火
不紅煙霞清境在山水俗緣空暝色迷歸路藤蘿月一弓（張
蟾桂上巳遊茅仙洞乘醉婆娑上翠巒胸襟眼界一時寬三
分山水添遊興三月煙花壯巨觀高士多從貧賤出神仙且
當瀟莊看何須倩倦方歸去留取餘歡莫盡歡（張登先茅仙
洞孰與三茅面荒唐盡說仙鶴遊雲外路蛙適井中天欲得
長生術何須不死緣聖賢崇正學道德古今傳方仙根茅仙
洞洞府不可測相傳仙跡奇水痕生石氣門影挂松枝為訪
耽幽客閒逢過雨時上方鐘磬落飛度白雲遲（李玉書泊白
硤石口登茅仙洞為尋仙跡到禪關路挂峯腰豈易攀簾捲
半天流澗壑窗開三面入湖山千年藤繞虬龍勢一徑苔生
翡翠斑獨倚欄干空眺望亂帆爭過石崖間

咄泉

寰宇記在壽春東北十里淨界寺北一百步其泉與地平一
無波浪若人至其傍大叫即大涌小叫即小涌若咄之涌彌
甚因名咄泉壽陽記一名元女泉鳳臺志按泉今在城北五

里鄧林山麓亦名珍珠泉石甃方周八丈深二尺元女泉在
紫荆山别一泉也（明梁子琦春日遊珍珠泉）問來載酒山之
東次第流觴曲澗中謾道明珠成物幻恰
憐好景與人公孤松石上清分飲古塔城尖秀挿空徙倚幾
回天欲暝何緣慧日借光紅（張曉同友至珍珠泉）山草蔓春
綠芳樹明朝曦驅車遵遠道飛蓋臨清池新服展白紵委佩
紉丹夷逆旅感過序合歡良及時招呼侶童冠歌謔忻相隨
川陸奏靈異列壑遥爭奇石泉瀉雲竇珠沫浮紋滋境好意
與會情歡神自怡靜涵春有象遐盼天無涯曠懷遺幻纍藻
繪紆元思任眞惬心賞息假逃喧嗤孤蹤人休歇去住成棲
遲同人狗野癖契悟流泉詩（趙炯然咄泉）綺檻綢繆俯碧清
苔鍼無數貫珠纓石家十斛樓前撒鮫客盈盤雨樣傾露滴
芰荷爭落索月明瑤草對晶瑩還疑鴻寳丹房裏雲子離離
今尚生（李僶楊迷從太守招飲珍珠泉三首）壽春城外翠屏
懸亭子新開古咄泉幾曲清波飛檻外一泓碧玉落尊前熒
熒不夜光難比歷歷繁星顆正圓太守政成多暇日攀緣盡
醉不知還紺殿琳宮鎖碧苔淮王曾擇八公來牛羊日暮空
陳跡雞犬雲中去不迴吏隱好歌叢桂曲官閒且遣一尊開
題詩欲向巖頭石多愧風流刺史才泗水東流無盡時空山
猶見謝公祠八公草木誰堪敵一局輸贏已自休不厭看山
供短屐還憐披草辯殘碑昆明近說横池事把酒憑高有所
思（張溪咄泉）美人開盛宴況此莫春時烏烏孤穿岫桃花裂
下池浮雲來又去曲徑險翻夷日落還相盼鵲來未與期（張
沛遊咄泉次豸史張蘆岡韵）山好催詩出泉奇引興長高林
低日影清沼媚珠光水鳥穿雲度巖花隔竹香和歌休便劇
村釀醉斜陽（謝一鳴珍珠泉）閒憑石檻照鬢眉舒從風吹
唾奇萬斛果然隨地出一囊長許野人支江邊老蚌行猜澀
海底驪龍睡太癡買豔尚堪論價在肯宜拋擲向荒池慇懃
傳以需珍珠湧泉我愛清泉可鑑眉忽人咄咄轉偷奇横縱
萬點珠光沸倒瀉三更斗柄乖蛟客凌波來贈答江皋解佩
寄情思似知新政遺無拾隋寶輕拋落廢池勞汝來珍珠泉
觴流百折溯源紆到此澄懷與境俱已出蚌胎猶是水未烹
蟹眼早成珠牽將月去金繩細磨到風平玉鏡孤牛畝波光
清澈底八公曾照白髭鬚（王猷珍珠泉）林泉百折溯源頭掬
手珠光萬斛收大造原來公物好出山應許作清流牟尼影
幻波心月咳唾風生鏡面秋堪笑鬢眉原可鑑幾人心跡任
勾留（祁世長游珍珠泉）劇拾流傳古壽春客中偶遇嚴華新
久聞巴蜀多循吏更喜光黄識異人泉出蕊珠心自皐華
奉使姚諏詢請看瑞雪鱗塍滿早晚青黄出郭巡（吳育珍珠

泉記珍珠泉在壽州城北三里八公山之趾平地石罅中溢爲方池碎石以爲底泉出其下若珠故名一曰咄泉爾雅泉上出爲咄也泉之上故有亭柱礎縱橫仆於地其基不可復覩矣余友李君上事鳳臺春陽旭熙秋日皎暉每率賓從盤桓泉間啜泉瀹茗以爲笑樂踰北山歙孫氏小瑣玕館沈冥而後返或持爆竹至泉上然之或鼓掌頓足則泉益肆出纍纍如貫珠蓋數十道晶光動人可愛翫其出渟澂不容垢坋流埃聚沫或旋焉或播焉澹之使不得泊味清洌刻削不能久飲彼其出於石罅性固然也而造豆腐具者資焉色白而質良風味尤勝或曰淮南王安實始作於此其信耶泉之行其深幽幽然不可窮也

石門潭

在州治東北十五里東廟山迤北高嶺約半里中斷南北兩石壁對峙如門南壁上有石門潭三字昔人曾見北石壁有石門半掩門內有院中有石壚出水外流後有石室及再至則石室不見（國朝方汝梅往魯村路過石門潭）自愧探奇遜飛泉一線流芳沼雲封捫石過巖花日暝破煙披桃源咫尺何須渡蠟屐從今得勝遊（方詔石門潭）青然中斷費神工恰與巴江巫峽同蒼蘚溜分千尺雪白蘋波合一溪風飛行偶度游仙屐剝蝕仍留戲海鴻那得倪黃圖小幅添將丹竈列西東（李景蓮春杪同張友漁游石門潭）劃斷危峯潄玉鳴當年石破想天驚花垂峭壁春三月影落澄潭雁一聲水緣迷離空說劍苔青剝蝕舊題名此中應是蛟龍窟莫把狂歌競和賡（方士貞游石門潭）深居發奇念寄興在山林偶懷洗泠泉遠陟東南岑荒榛蔽微徑石門描畫陰雙崖劃天色中有太古音泉聲遵予至妙境不可尋微瀾蹙小礫長派引崎嶔奔流忽掬怒風雨想悲唫澄潭靜受之喧寂兩無心空明蕩幽晦寒翠窈以深臨流意自遣所得非蹄涔結茅尚可期空山鳴玉琴（蕭景雲石門潭記）雲條山與茵席山相峙爲石門兩山交而中豁門中有潭曰石門潭門高二十丈西向南北兩崖相距十丈大石礧砢類獳虬守門傍嵐杳泉自西南來渟爲潭潭口徑四丈深三尺潭溢東流數十步折而東北漫流大石上聲琤瑽低落渟爲第二潭潭口徑三丈深三尺復漫流大石上稍東折濺石下落作垂瀑聲爲第三潭潭口怪

石衲庵門徑八丈深六尺石旁一大石寬平四丈餘石根漱潭水岸久空洞水過激聲嘈吰也石有若懸渠滑不容足水漱北一石如鵰欲飲不飲作躍躍狀潭上兩崖相距四十丈高二十丈南崖石細碎北崖大石嵬峩欹側將崩墜如半月卻蟠螭如龍象如攢花如墮雲奇態森列潭聲如松濤風籟大有琴意令人起海上移情之想泉溢流亂石間數十步下疊如虎頭怒撲人過此數十步大石中亘水從北崖別行崖石成小瀑南崖根大石橫臥負萬餘斛石僅不動北一大石如壁壁腰一洞闊二尺餘高七寸深二尺洞內石上二小穴相傳為老子煉丹爐水經注云淮水東逕八公山北山上有老子廟在此山巔也廟久廢舊志昔人渴見石壁內有篆字後不復見云仰望崖端大石似人攫之欲擲下者南崖大石次第推距多孔竅此處兩崖相距三丈餘高二十餘丈過此數十步水行石峽中聲潺潺折而東北大石作傾倒勢東西北三泊呀然成潭口水激石裂處落石下渟為第四潭周徑十丈深一丈南崖大石如城垣磨刻石門潭三字字尺餘潭溢流石間數十步至門中口兩崖端上豁而下偪偪處相望三丈高二丈餘北崖趾水從崖隙出流大石罅間成泉名上雲泉清澈沁骨味甘冽在珍珠泛月嵐香三泉上大旱不涸流注潭水曲折行二三里灌民田六七畝又東北匯老魚溝入淮

山林精舍山淵寺解南精廬

水經注北溪水導北山泉源下注出於山林精舍右山淵寺左沿注西南逕陸道士解南精廬按北溪即清水澗山林精舍解南精廬當在澗側梅花岡山淵寺當在澗側鄧林山皆久圮

相祠

在芍陂祀楚令尹孫叔敖明知州劉概建國朝桑日青楚相祠詩安豐舊縣草芊芊楚相祠堂尚宛然人去寢邱思未已門臨芍水澤常綿殘碑臥路淋秋雨古柏撐空帶晚烟優孟衣冠今在否坏坮俎豆自年年

淮南王廟

水經注船官湖北對八公山上有淮南王劉安廟廟中圖安及八士像皆坐牀帳如平生被服纖麗咸羽扇帬被巾壺枕物一如常居山有隱室石井即崔琰所謂余下壽春登北嶺淮南之道室八公石井在焉宋王得臣揮麈錄云余長子渝爲壽春令邑有淮南王安廟春秋祀之百姓思劉仁瞻之忠塑像於淮南王廟中據此則淮南王廟宋時尚存書胡宿淮南王詩貪鑄金錢盜鑄符何曾七國戒前車長生不待爐中藥鴻寶誰收篋裏書碧井牀空天影在小山人去桂叢疎雲中雞犬無消息麥秀漸漸徧故墟

老子廟

水經注淮水北逕下蔡故城東南逕八公山北山有老子廟

謝公祠

在八公山麓一名謝元廟晉謝元敗秦苻堅于淝水後人思其功立祠祀之今廢宋賀鑄謝元廟詩兒輩能須君未爲更介朱序助聲威秦人若存全師集壽丹車盛晉鼎歸國朝謝開寵謝公祠詩頻年擁褐過淮陽崇祀忻瞻舊享堂江左名賢多雅量淮南俎豆有馨香人依有晉衣冠後山借八公草木光鶴唳烏衣開子弟飛來燕務只尋常

劉公祠

在州治西北隅祀劉仁瞻南唐時守城以死見五代史宋時塑像于八公山淮南王廟中今廢蕭景雲劉公祠詩江上君臣納款勤淮城守死執讎動閫幽終合王裴寧旌節仍名忠正軍異代黃公嶽祖豆故鄉彭郡淝邸墳壁哥碑字風雲護勝跡荒殘謝廟文

硤石寺

在硤石山上唐時建宋林逋來遊題詩於壁明嘉靖時重修易名興福寺久廢宋林逋遊硤石寺長淮如練楚山青禹鑿招提甲畫屏數塊林巒攢野色千崖樓閣出天形盤鷥獨鳥迴晴塢風送遙帆落晚汀不會科頭無事者幾人能老此禪扃明張軏遊硤石寺石磴盤空入翠微竹林深處見柴扉雲封松頂鶴歸晚草掩山蹊客到稀百尺老藤懸峭壁千年古洞倚斜暉方袍盡日閒無事檐下穿針補衲衣

資壽寺

在黑石山唐建宋建隆時修有證悟禪師碑見藝文攷下金石明正德間重修國朝同治六年居人捐資又修國朝李景蓮秋杪遊資壽寺招提依舊傍岩阿悵憶遊蹤幾次過山勢西來馳渴驥濤聲東去走鳴鼉鐘喧古寺烟霞迥影亂斜陽笑語和翹首晴空鳩化參盤雲鷹隼亦無多夏俱慶寓延壽寺作秋聲天氣夜偏長客邸孤衾枕簟涼古寺重來增寂寞老僧話舊念風霜頻年辛

苦頭空白此日奔馳菊又黃卻笑天邊南去雁無關名利為誰忙

千佛寺

縣志當在下蔡今無攷有千佛寺殘碑見藝文攷下金石

文殊寺

在縣境相傳周世宗顯德時建後代祀周世宗易名柴王殿明改建五顯廟 國初復名文殊乾隆間掘寺中地得重修五顯廟殘碑殿前四石幢有宏治正德年號皆明物也咸豐時被苗逆毁知縣裴峻德因其地改建文廟

廉頗墓

史記廉頗傳廉頗卒葬於壽春正義曰廉頗墓在壽州壽春

縣北四里(互見藝文攷金石)太平寰宇記引古今冢墓記廉頗葬肥陵牛麓原掘泉三丈有一人衣服非常乃云我是肥陵山(郎人公山)神葬地當吾直道更宜移之不爾害汝掌事者懼而移之謂之三鍬坑(國朝黃景仁廉頗墓詩昔年流涕史遷文坏土今來弔夕曛復用趙人愁不免一爲楚將竟何勛英雄論定三遺矢市道交成再將軍終古人情只如此試將杯酒與澆君)

宿州

相鄉故城

在宿州西北本宋邑戰國策黃歇說秦昭王曰魏氏將出而攻銍碭蕭相故宋必盡是也秦置相縣爲泗水郡治史記二世二年章邯別將司馬尼將兵北定楚地屠相至碭漢高帝四

年改爲沛郡仍治相王莽改爲吾符亭後漢建武二十年徙中山爲沛王仍治相縣魏屬汝陰郡晉屬沛國劉宋南齊屬北沛郡隋時縣廢併入蕭符離水經注睢水東逕相縣故城即宋共公之所都也國府園中猶有伯姬黃堂基即伯姬焚死處括地志相城在符離縣北九十里元和郡縣志蓋相土舊都之所州志今爲相城鄉或譌爲襄城(國朝王巖相城懷古子宋春秋駐旆旌羣峯一帶抱相城河連汴泗兵煙渺地接徐邳草木平楊柳牛灣荒水市桃花千樹掩柴荆藏書惟有君山富嬴得清風伴月明俞忠元過相城詩晚歲嚴威迫相城匹馬過饑烏啼廢壘敗壁列霜柯山橫寒雲瘦林疎夕照多臨風懷帝子前路發高歌)

竹邑故城

在宿州北漢置縣屬沛郡高帝十二年賈參破英布自蘄還竹邑卽此後漢永初六年封彭城王恭子阿奴爲侯邑屬沛國晉曰竺邑後省水經注睢水東逕竹縣故城南寰宇記朝斛城西南七十里有竹邑故城縣志有符離城今爲符離集亦曰舊宿州城在州北二十五里卽故竹邑也又按魏書靈徵志孝文帝延興元年於徐州竹邑戍得蓍南齊紀建元二年徐州刺史崔文仲拔魏竹邑戍是縣爲戍也梁紀大通元年成景儁克魏竹邑魏志睢州南濟陰郡治竹邑城不云置縣隋志符離有竹邑縣梁置睢州開皇二年州廢又廢竹邑縣入焉亦不詳何年復置唐貞觀初移符離縣治此其後還治故城而此城廢

陽城

在宿州南秦置縣陳勝生此魏時縣廢綱目質實陽城故址在鳳陽府宿州南

靈璧故城

在宿州西北史記漢二年項羽自蕭晨擊漢軍追至靈璧睢水上注孟康曰靈璧故小縣在彭城南括地志故城在符離縣西北九十里漢時縣廢宋元祐時復置於宿州之東者今之靈璧也

符離故城

在今宿州治本楚邑戰國策楚南有符離之塞秦置縣屬泗水郡史記秦二世元年陳勝令符離人葛嬰將兵徇蘄以東漢元狩元年封路博德爲侯國屬沛郡王莽改曰符合後漢屬沛國三國魏屬汝陰郡晉仍屬沛國後廢寰宇記北齊天保七年移斛城縣於古符離城復爲符離縣隋大業二年移朝斛城唐貞觀元年移於竹邑城舊通志元和四年於甬橋置宿州其後復移置符離城即今州治也元至元三年併入遂廢魏書地形志斛城縣有扶離城當即符離之譌州志今爲符離集在州東北二十里（明）陶允嘉符離懷古詩張邵護殺曲端關中將士皆心寒秦丞相殺岳飛萬里長城一日壞婁室獻頭兀朮喜小朝廷復何恃長腳太師吾何尤魏公九原得愧不（李）化龍符離詩荒原一望暮烟平草木曾聞風鶴聲沛水不消亡國恨至今猶抱符離城（閻）爾梅符離橋詩石橋零亂瓦樓殘睢水東流下淺灘試問項劉爭勝處煙波無數血光寒（又）宿州道中淮南風景最蒼涼宿子城邊草更荒偏是我來新雨後山花村酒一齊香（董）其昌符離詩不怕石尤不自由中分二水蓼花洲煙朝雪夜從王事可記符離古渡頭（王）弱生符離懷古一丸丹墀喙更長有時飽老也當揚當平未起符離又可恨籌文到李綱十萬良家等蟻蠓符離一夕水流紅魏公心法由來異鼻息如雷學寇公（國朝）王士正符離弔潁州侯傅公擢馬千山外呼鷹百戰場平蕪何莽蒼冥氣忽飛揚寂寂過侯里沈屯大澤鄉潁川湯沐盡空羨駱頭王（又）歸次符離詩萬里歸來兩鬢蒼閱他南漢又南唐短衣射虎心猶壯重過符離古戰場（又）題張魏公墓蹟後淮西白骨接符離三十年中幾喪師太息長城君自壞軍中空卓曲端旗（鄭）尚鱗詩上收符離負戰功荒煙落日戍樓空天教奸檜成和議漫向西風怨魏公

蘄縣故城

在宿州南本楚邑秦置縣史記楚王負芻四年秦王翦追破

楚師至蘄南殺將軍項燕二世二年陳勝起兵於蘄漢高帝十二年帝自將討黥布與布軍遇於蘄西多以縣屬沛郡爲都尉治後漢屬沛國三國魏屬汝陰郡晉屬譙郡劉宋因之南齊爲北譙郡梁爲譙州魏書地形志蘄城郡蕭衍置魏因之領蘄城縣武定六年置隋書地理志彭城郡蘄舊唐書地理志蘄縣舊治穀陽顯慶元年移今治元和四年改屬宿州又有蒲城在蘄西寰宇記縣北至州三十六里舊志元至元二年併入宿州今爲蘄縣鄉有蘄縣集攷蘄縣自南北朝至唐改遷無定寰宇記所云至州三十六里者唐顯慶所移治所也國朝丁敷蘄城弔古蘄水殘壖在猶傳涉勝名圖王雖未遂誅暴已先聲野草荒煙戍秋風廢將營年年春日裏遺鏃有人耕

臨渙故城

在宿州西南春秋時宋銍邑秦置銍縣二世初陳勝自齊攻銍酇皆下之漢屬沛郡魏屬譙郡晉因之劉宋時縣廢元和郡縣志臨渙縣西至亳州一百六十里本漢銍縣梁普通中克魏銍城因置臨渙郡以臨渙水爲名東魏改置渙北縣齊郡廢改渙北曰臨渙屬譙郡隋開皇三年於縣置譙州大業初仍屬譙郡唐武德四年又於縣置北譙州貞觀十七年州廢屬亳州元和九年改屬宿州寰宇記臨渙縣在州西南九十里又有古臨渙城在縣西北二十五里隋大業十年移縣

於此唐貞觀十年遭水移入銍城內宋大中祥符七年復以臨渙縣屬亳州天禧五年還屬宿州元至元二年併入宿州舊通志臨渙城在州西南九十里今爲渙陽鄉又有臨渙集又有銍城在州西南四十六里

新城

在宿州北州志云本北齊所置睢南郡

隋隄

在宿州城東西城騎隄建州志云隋煬帝欲觀揚州瓊花自汴開河經宿與靈璧至泗長一千三百里以便舟楫兩傍築隄種柳工未竟而祚移今其隄尚名隋明萬歷二十九年知州馬猷圖以黃水時浸城址乃於城北東西接隋隄築護城新隄一道綿亘數里城始免水患今與隋隄不復辨（舊志）王建汴路即事千里河煙直青楓夾岸長天涯同此路人語各殊方草市迎江貨津橋稅海商回看故宮柳憔悴不成行（白居易隋隄柳詩隋隄柳歲久年深盡衰朽風飄飄兮雨蕭蕭三株兩株汴河口老枝病葉愁殺人曾經大業年中春大業年中煬天子種柳成行夾流水西自黃河東至淮綠影一千三百里大業末年春暮月柳色如烟絮如雪南幸江都恣佚遊應將此樹裝龍舟紫髯郎將護錦纜青蛾御史直迷樓海內財力此時竭舟中歌鼓何日休上荒下困勢不久宗社之危如綴旒煬天子自言歡樂殊無極豈知明年正朔歸武德煬天子自言福祚垂無窮豈知明年皇子封酅公龍舟未過彭城閣義旗已入長安宮蕭墻禍生人事變晏駕不得歸秦中土墳數尺何處葬吳公臺下多悲風二百年來汴河路沙草和烟朝復暮後王何以鑒前王請看隋隄亡國樹（李益詩汴水東流無限春隋家宮闕已成塵行人莫向長隄望風起楊花愁殺人胡曾隋隄柳千里長河一旦開亡隋波浪九天來錦帆未落干戈起惆悵龍舟更不回（吳融詩長亭一望一徘徊千里

關河百戰來細柳舊營猶有月祁連新冢已封苔霜影綠舒
愁無際遶接黃雲慘不開若比江南更牢落子山詞賦莫興
哀隋隄風物已淒涼隄下仍多古戰場金鏃有苦人拾得蘆
衣無土鳥銜將砍聲暗逐河聲急野色遙連日色黃獨上寒
城更愁絕戍鼙驚起雁行行羅鄴汴隄柳詩當時天子是閒
遊今日行人特地愁柳色縱饒妝故國水深何忍到揚州乾
坤有意終難會黎庶無情豈自由應笑隋皇用心錯漫留中
鬼海東頭李山甫隋隄柳留傍龍舟拂翠華至今凝恨倚天
涯但經春色還秋色不覺楊家是李家昔日小溪從此朽逐
波瑓影向南斜年年只有晴風便遙為雷塘送雪花宋林逋
汴岸曉行驢僕劍裝輕尋河早早行孤煙開古道平野見春
耕老木迴隄暗初陽出浪明羈遊事無盡寧士拂塵纓劉攽
曷過宿州汴隄春風匹馬汴河隄四望秦川路已迷只為昏
花人未返滿溝楊柳亂鴉啼李化龍隋隄詩云錦帆無復返
天涯隱隱長隄陣陣沙最苦垂楊風雨夜兩行清淚怨殘花
吳國倫隋隄柳千里金隄邊汴流龍舸幾月又揚州春深楊
柳花如雪不管隋陽宮裏愁國朝王士正隋隄曲殿御三千
路已非隋隄風物尚依稀玉蛾金壁飄零盡惟見楊花日暮
飛

亳社
宿州志云在相山翠微宋共公都相因置亳社

金魚池
宿州志云相城東北隅四下中突地占十餘畝相傳沛王鑿
當在漢晉之間

桓君山藏書處
宿州志漢成帝以桓譚藏書多待詔門下時謠曰挾桓君山
之書富於猗頓之財相傳今藕花墅即君山藏書處立石識
之

劉貞簡先生故里

宿州志云六朝劉子珪推當世大儒比古之曾鄒謚曰貞簡雖居青溪上此其梓里也在相城澤門內國朝周寳過劉貞簡先生故里詩相山城畔草芃芃剩有高賢一畝宫蓬室不磨兄弟樂文章相見鄭曹風青溪舊苑斜陽外天塹殘碑細雨中料得丹陽隱樹在如卿倩德許誰同

扶疏亭

在宿州治北城上宋東坡守徐日嘗遺墨竹於宿州刺史刺史鐫諸石搆亭貯之名曰扶疏元季燬於兵明時復修葺康熙間繕葺如舊宋蘇軾畫竹詩寄宿州刺史寄卧虛寂堂月明浸疎竹泠然洗我心欲飲不可掬勿黄金扶疏亭詩東坡先生天下士健筆縱横寫大意蕭湘秋色連太清淇澳清風掠平地數枝蕭灑寒夜情鳳凰飛下月三更幾個陰森春雨徑玉簫幽咽蒼虬聲勁節虛心立不倚直氣孤忠宛相似密葉繁莖亦有之博學宏才無乃是筆端造化神相感天機飛動天籟鳴不然還鏑逸無定安得遊戲如斯精藏墨有亭傳自古世遠亭空因其所斵碑塿落榛莽深耆跡莫尋今幾許睢陽太守邦之賢好竹真同袁絲堅碑剝苔已獲竹作亭覆碑功復全愛竹愛人非玩物對竹致人員矩矱高標雅操持不移直和蕭韶齊嶰谷國朝呂雲莢登扶疏亭文士胸中有成竹坡翁墨寄千秋馥搆亭增起鳳高岡遺跡掃空萬花谷世遠猶存君子稱人遙欲動湘妃哭後來名筆也同芳莫道殘碑當刮目夏雲峰扶疏亭詩春長春來花覆城曠懷高寄古今情扶疏亭子憑臨處時有清風可聽生茶椀香爐坐默然筆花欲化一亭煙此君未老東坡去風雨蕭蕭七百年

黃華洞

在符離北山高聳幽閒四望空濶石嵒皆鐫佛像鬚鬢宛然相傳齊晏大夫之所造

白雲洞

在相峰絕頂雲氣出納元末有異人居之

祕霞洞

在相山東巘蟄庵居士鑿以藏書有銘在壁上

小仙洞

在相山東嶺外藥井印月露竈吹風爲閬浮異境小仙即王子晉 明徐拱杓小仙洞詩春煙縹緲萬山晴仙洞凌風駕齒經金鼎丹成留跨鶴碧桃花放尚啼鶯杯沈嵐影連山醉歌散雲端落澗鳴一飯胡麻天已暮歸來恍惚悟浮生

石屋

在相山後背石壁上佛像天然不假雕刻下有石井地狹而天厚故碧桃花燈節即放寺名天藏有隋大業中斷碑

小芳嵒洞

在宿州小芳嵒寺北山腹中室石疊如榻明末逋寇竄穴其中何騰蛟黃得功率師用火攻平之 明周廷楨芳嵒洞詩繞澗攀藤上梵門荒涼古寺址猶存最奇絕壁危棲處留得開山幾斧痕陶閒居溪芳嵒寺詩獨坐巖前石高歌送落暉幽花通磵水空翠濕人衣風急鐘聲遠村深雀影稀暮山天路迥雲裏一僧歸

宋共姬墓

在相城之西山春秋宋災共姬待保傅母不至焚死相傳葬此 周保母伯姬引嘉名絜兮行彌彰託節鼓兮介弱喪歌欽何辜遇斯殃嗟嗟奈何罹斯殃明方震孺宋共姬墓詩一坏神氣竟成山火解生生展妙顏玉骨依君城草合冰心入聖殿風殿湘江有竹凝還重石紐尋鄉徑未刪東望相峰高壁表貞人終古話煙鬟任文瑞共姬墓詩相山城外冢纍纍故老相傳只伯姬秋草年年生野燒猶疑火逮舊宮時燼餘

香骨一抔殘節著麟經萬古難若激介推綿上例中原五月食宜寒

閔子墓

在宿州北七十里閔子鄉騫山之南(國朝沈鶴騫山閔子墓詩)仰止青雲表騫山萬仞高聖賢不世出孝友自吾曹古色盎松翠新陰積蘚膏庶幾厚風俗相語共甄陶(孫玟閔子墓詩)林樹閒禽信可遊如何卻步意悠悠祇緣當日蕭宮上留得蘆花一片秋(武元副閔子墓詩)幾個慈烏噪墓林苔封殘碣白雲深蘆花莫漫題詩句悲涕當年孝子心(明李化龍閔子祠詩)閔子祠堂官道西蘆花滿地草萋萋階前多少長松樹不是慈烏不敢棲黃葉詩古山環故家古木護先塋尚友諸科最親闈一子寒里名今不改廟貌久猶完茅土雖封費終非季氏官(張延登詩)玉貌誾誾儼若存杏壇高足世同尊孝回父念成慈母德冠羣賢重聖門祠墓千秋歸魯國烝嘗異代聖明恩偶來瞻仰猶親炙況有文孫可共論(國朝周開豐閔子祠詩)徘徊周道禮先賢仰止松楸意黯然曉日蘆花香細細春風汶水影濆滑碑蒼絮渚孤墳迴草碧騫山闕碣殘欲識祠邊龍鳥篆苔痕重洗認瑤鐫(方孔一詩)閔子祠前樹西風亂晚鴉只今焉

宿草不見有蘆花衣影親闈隔草衣客路睽倚閭何日慰雙淚落天涯

桓譚塚

宿州志云東漢元和中肅宗東巡狩至沛使使者祀譚冢時皆榮之

王忠惠公墓

宿州志云忠惠名仁字潤之官執法元至正元年立碑紀功今止存尺許漫滅不可讀

趙孝廬

在宿州南蘄縣故城東(國朝沈欽琦詩)步行蘄東門荒原多古木人言趙長平曾此結茅屋緬公篤孔懷里傳好伯叔赤眉山東來焚掠窮谷食弟孝爭肥虎口全骨肉概想凡今人誰知我同族讀詩悲角弓閱牆何

簇簇安得千長平起以砥頹俗

曬書臺

宿州志在閔孝鄉與閔子墓相近昔閔子曾曬書於此國朝王猷曬書臺詩詩書縱出秦燔火絲竹猶傳魯壁音回首丘車烘野日秦風也散到如今

惠義堂

宿州志即州治之後堂元廉訪僉事金元素題詩云空城孝落柳依依州是符離舊縣基山勢西來連汴泗河流東下接徐邳扶疎亭畔多荒草惠義堂前有斷碑官府不須煩賦斂鄉民比屋正號饑

徐王墓

在宿州北閔子鄉新豐里龜山之右外垣周九里十三步內垣周一里墳戶九十二明洪武四年建祀孝慈皇后父徐王

馬公明湯士奇陪謁徐王廟詩閔子鄉中詢父老徐王墓下駐旌旄廟前山勢如鸞鳳萬盤山川對高李化龍徐王墓詩松杉十里捲秋濤山勢重圍碧殿高霜露滿庭深院閉居人指點說先朝

靈璧縣

洨縣故城

在靈璧縣南五十里漢侯國後漢爲縣屬沛郡漢書應劭注洨縣洨水所出東晉後廢水經注洨水東南逕洨縣故城北魏書地形志穀陽郡連城縣有濠城寰宇記濠城在虹縣西南七十五里即漢洨縣地縣志今爲濠城集在縣南五十里

穀陽故城

在固鎮集南漢置縣屬沛郡地理志注應劭曰在穀水之陽

魏書地形志穀陽郡治穀陽城太和中置鎮世宗改置陽平郡孝昌中入梁武定六年復取之置穀陽郡領縣二連城高昌水經注苞水又東逕穀陽縣又東逕穀陽戍南又東南逕穀陽故城東北

連城

在連城集西

臨潼故城

在靈璧縣東北魏書地形志睢州臨潼郡隋書地理志下邳郡夏邱東魏置臨潼郡後齊改爲潼郡開皇初廢金志宣宗元光初議於靈璧潼城鎮設倉都監即故縣也水經注潼水又東南逕臨潼戍西縣志今爲潼郡鄉在縣東北七十里

固賢鎮

在靈璧縣北七十里

古城

在靈璧縣西北百里近河岸

霸王城

在靈璧縣者有三一在縣西南七十里一在縣西北七十五里一在縣北七十二里皆項羽屯兵之壘明黃如金過霸王城詩古道斜陽廢壍橫山側云是霸王城渡江子弟人千里蓋世英雄土一坏野草已腥虞劍血波濤猶舞楚歌聲自從敗北天亡後此是長平第一坑

仁州故城

在靈壁縣東南魏書地形志仁州梁武置魏因之治赤坎城陳書太建五年吳明徹師次仁州隋書地理志彭城蘄縣有齊置仁州太業初廢入元和郡縣志赤坎故城在虹縣西南五十九里梁天監八年置赤坎戍於此

陽平廢郡

在靈壁縣南晉書地理志元帝於徐州僑置陽平郡宋書州郡志郡領館陶濮陽二縣舊志泰始中入魏蕭齊建元二年徐州刺史崔文仲過淮攻拔茬眉戍殺平陽太守郭杜羝後魏世宗於穀陽置陽平郡蓋因故郡相近爲名

張氏園亭

在鳳皇山前汴隄北宋蘇子瞻記道京師而東水浮濁流陸走黃塵陂田蒼莽行者勌厭凡八百里始得靈壁張氏之園於汴之陽其外修竹森然以高喬木蓊然以深其中因汴之餘浸以爲陂池取山之怪石以爲巖阜蒲葦蓮芡有江湖之思椅桐檜柏有山林之氣奇花美草有京洛之態華堂夏屋有吳蜀之巧其深可以隱其富可以養果蔬可飽鄰里魚鱉筍茹可以饋四方之賓客余自彭城移守吳興由宋登舟三宿而至其下肩輿扣門見張氏之子碩碩求余文以記之維張氏世有顯人自其伯父殿中君與其先人通判府君始家靈壁而爲此園作蘭皋之亭以養其親其後出仕於朝名聞一時推其餘力日增治之於今五十餘年矣其木皆十圍岸谷隱然凡園之百物無一不可人意者信其用力之多且久也古之君子不必仕不必不仕必仕則忘其身必不仕則忘其君譬之飲食適於饑飽而已然士罕能蹈其義赴其節處者安於故而難出出者狃於利而忘返於是有違親絕俗之譏懷祿苟安之弊今君氏之先君所以爲其子孫之計慮者遠且周是故築室藝圃於汴泗之間舟車冠蓋之衝凡朝夕之奉燕遊之樂不求而足使其子孫開門

而出仕則跬步朝市之上閉門而歸隱則俯仰山林之下於以養生治性行義求志無適而不可故其子孫仕者皆有循吏良能之稱處者皆有節士廉退之行蓋其先君子之澤也余爲彭城二年樂其土風將去不忍而彭城之父老亦莫余厭也將買田於泗水之上而老焉南望靈璧雞犬之聲相聞幅巾杖屨歲時往來於張氏之園以與其子孫遊將必有日矣

望荆臺

在靈璧縣相傳荆人宦此思親築臺望焉今斷碑存

吹簫臺

在靈璧縣西北七十里

西固鎮

在靈璧縣西南九十里金設 明龔文選過固鎮有感詩官柳依依繞驛斜短籬孤榻影相親

荒蕪岡隴滿蒿藜村火垂吞暗野塵水旱連難復舊泗淮瀰漫不知春本根重地猶須念圖繪流民報紫宸

垓下聚

在靈璧縣東南史記高祖與諸侯共擊楚軍與項羽決勝於垓下漢書地理志洨縣有垓下聚元和郡縣志垓下聚在虹縣西南五十四里安徽通志在靈璧縣東南陰陵山之南耳

適過陰陵作次靈璧之逆旅面垓下之遺墟嗟舊迹之湮沒聞楚聲而悒於歌拔山而溯淚切霸圖以很明予言悽以躋蹐

曹營

在靈璧縣西南一百三十里相傳曹操立營於此

樓子莊

在靈璧縣西三十里

戚家灣

在靈璧縣北七十里小河南相傳爲漢高祖戚夫人故里

虞姬墓

在靈璧縣東十五里沛隄南史記項羽本紀項王軍壁垓下兵少食盡漢軍及諸侯兵圍之數重夜聞漢軍四面皆楚歌項王乃大驚曰漢皆已得楚乎是何楚人之多也項王則夜起飲帳中有美人名虞常幸從駿馬名騅常騎之項王乃悲歌忼慨自爲詩曰力拔山兮氣蓋世時不利兮騅不逝騅不逝兮可奈何虞兮虞兮奈若何歌數闋美人和之項王泣數行下左右皆泣莫能仰視彤管遺云自王悲歌美人和之曰漢兵已略地四面楚歌聲大王意氣盡賤妾何聊生遂自刎而死宋蘇軾虞姬墓詩帳下佳人拭淚痕門前壯士氣如雲倉皇不負君王意只有虞姬與鄭君（蘇轍虞姬墓詩）布叛增亡國已空摧殘羽翮自令窮艱難獨與虞姬共誰使西來敵沛公

宣和石

在靈璧縣西汴隄上王鳳竹記謂是宋勔花石綱偶遺於此案宋史陳遘傳遘進淮南轉運副使兼發運使時運渠淺遘使決呂城陳公兩塘達於渠漕渠甫通而朱勔花石綱塞路官舟不得行遘捕繫其人上章劾此石當是彼時所棄非偶遺也事在徽宗宣和元年故名曰宣和石

老營湖

在靈璧縣東南縣志云界靈虹之境明宋濂老營湖詩揚家臺下老營湖極目平川草木枯拾得箭頭三寸鐵猶然腥氣血糊塗